KB069786

모든 삶은,
작고 크다

루시드폴 8

Contents

Track List

1. 안녕,

2. 그 가을 숲속

3. 銀河鐵道의 밤

4. ¿볼레로를 출까요?

5. 한없이 걷고 싶어라

6. 바다처럼 그렇게

7. 부활절

8. 폭풍의 언덕

9. 밤의 오스티나토*

*Bonus Track for CD

안녕, 5/31. 2017.

안녕, 그동안 잘 지냈나요
나는 잘 지내고 있어요
다시 이렇게 노래를 부르기
그대 앞에 왔죠
지난 두 해 사이 참 많은 일들을
우린 겪어온 것 같아요
누구라도 다 그랬을 것 같기는 하지만

나는 얼굴이 조금 더 탔어요
거울 속 모습이 낯설 때가 있어요
나는 침묵이 더 편해졌어요
나무들과도
별들과도
더 친해진 것 같아

그렇게 살아온 2년의 시간이
키우고 가꾼 노래를 기록해
이렇게 우리 다시 만난 오늘
세상이 달리는 속도보다는 더
느리게 자랐겠지만
나의 이 노래를
당신에게,
당신에게

정말 고마운 친구들과 지냈던
작은 이 오두막에 앉아
지금 그대에게 노래를 보내고 있어요

나는 새들이 더 좋아졌어요
돌봐야 할 나무들도 꽤 많아요
나는 사람이 더 좋아졌어요
거울 속의 나라도
창밖의 세상라도
친해진 것 같아

그렇게 살아온 그 년의 시간에
키우고 가꾼 노래를 거두어
이렇게 우리 다시 만난 오늘
세상이 달리는 속도보다는 더
느리게 가겠지만
나의 이 노래를
당신에게,
당신에게

안녕,

안녕, 그동안 잘 지냈나요
나는 잘 지내고 있어요
다시 이렇게 노래를 부르러
그대 앞에 왔죠
지난 두 해 사이 참 많은 일들을
우린 겪어온 것 같아요
누구라도 다 그랬을 것 같기는 하지만

나는 얼굴이 조금 더 탔어요
거울 속 모습이 낯설 때가 있어요
나는 침묵이 더 편해졌어요
나무들과도
벌레들과도
더 친해진 것 같아

그렇게 살아온 2년의 시간에
키우고 가꾼 노래를 거두어
이렇게 우리 다시 만난 오늘
세상이 달리는 속도보다는 더
느리게 자랐겠지만
나의 이 노래를
당신에게,
당신에게

정말 고마운 친구들과 지었던
작은 이 오두막에 앉아
지금 그대에게 노래를 보내고 있어요

나는 새들이 더 좋아졌어요
돌봐야 할 나무들도 꽤 많아요
나는 사람이 더 좋아졌어요
거울 속의 나와도
창밖의 세상과도
친해진 것 같아

그렇게 살아온 2년의 시간에
키우고 가꾼 노래를 거두어
이렇게 우리 다시 만난 오늘
세상이 달리는 속도보다는 더
느리게 자랐겠지만
나의 이 노래를
당신에게,
당신에게

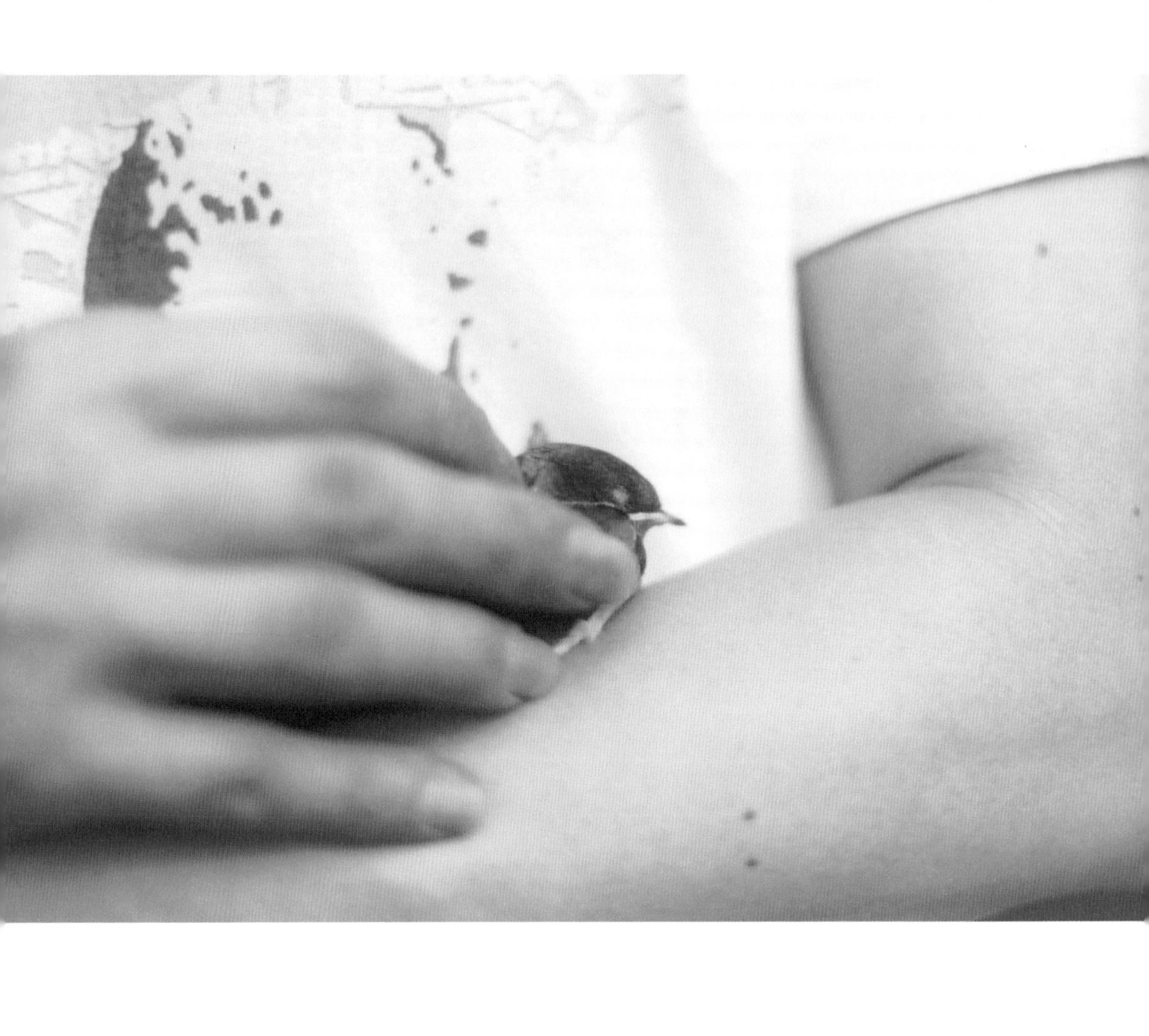

땅으로 내려온 날개

동백은 겨울에 꽃을 피운다. 감귤 수확이 한창일 때 동백은 꽃을 피우는데, 수확이 다 끝난 3월이 와도 여전히 꽃은 주렁주렁 피어 있다. 며칠 만에 피고 지는 벚나무나 앵두나무와는 비교도 안 될 만큼 오래오래 꽃을 피우는 것이다. 동백은 꽃잎을 흩날리지 않는다. 꽃이 제 할 일을 다하면 아기 주먹만 한 꽃송이가 툭툭 떨어질 뿐이다. 그래서 그런가. 겨울 밭담가로 떨어진 붉은 꽃은 유난히 더 처연해 보인다.

나는 동백기름을 좋아한다. 참기름보다 순하고 들기름보다 우아한 맛이다. 동백기름이 귀해지는 여름 무렵이 오면 우리는 사둔 동백기름을 더 아껴 먹어야 한다. 여름이 지나고 가을이 오면 사람들은 작은 밤톨 같은 동백열매를 주우러 다닌다. 그리고 꽃이 맺힐 무렵 비로소 장에도 햇기름이 나온다. 단골 기름집에 햇기름이 나오면 우리는 그게 그렇게나 반가워 여러 병을 사서 이곳저곳에 선물을 하기도 한다.

동백꽃이 붉은 얼룩처럼 떨어질 무렵, 어떤 새들은 더욱 바빠진다. 동백을 좋아해서 이름도 '동박'으로 붙은 동박새가 아마 가장 바쁜 마음일 것이다. 하얀 눈동자에 검은 잉크로 점 하

나를 콕 찍어놓은 것 같은 동박새의 눈은 참으로 새 같지 않다. 오히려 작은 포유류의 눈 같다. 내가 동박새를 좋아하게 된 이유도 분명히 그 눈 때문이다. 물론 동박새의 재재대는 노랫소리도 예쁘다. 노랫소리인지, 울음소리인지, 구애하는 소리인지 그들의 언어를 내가 알아들을 수야 없지만, 명랑하고 경쾌한 동박새의 목소리는 언제 들어도 설렌다.

나의 오두막 앞에는 아담한 동백나무 한 그루가 있다. 나는 지금 오두막에서 그 나무를 내려다본다. 오두막을 호위하고 있는 이 동백나무 역시 올겨울에 어김없이 꽃을 피웠다. 지금은 새순이 파릇하게 돋아나는 중이다. 오두막이 생긴 뒤로 이만한 호사가 또 어디 있을까 싶은 것이, 동박새를 꽤 가까이서 볼 수 있다는 것이다. 창문 너머 동박새 소리가 들리면 나는 조심스레 창가로 간다. 동박새는 재재대며 이리저리 나뭇가지 사이를 들락거리다가 몸집만 한 꽃 속으로 얼굴을 파묻고 열심히 꿀을 먹는다. 두어 마리가 날갯짓을 하며 파닥거리기도 하는데, 나는 그게 싸움인지 놀이인지도 궁금하다. 하여간 동박새의 이끼빛 깃털도, 내가 좋아하는 하얀 눈동자도 마음껏 볼 수가 있다. 나는 어쩔 때엔 '인간스러운' 충동을 이기지 못하고 슬쩍 카메라를 가져와 사진을 찍기도 한다. 하지만 혹여라도 새들이 도망가진 않을까 싶어 이내 카메라를 내려놓을 때가 더 많다. 새들은 자신을 겨누는 것에 무척 민감한 동물이니까. 그래도 그 무엇이든, 누구든 자주 만나다 보면 마음도 더 열리진 않을까 생각하면서, 언젠가는 새들이 내게도 더 가까이 올 수 있기만을 조용히 바란다.

실은 나에게 처음 동박새를 보여준 이는 아내였다. 우리가 데이트를 한 지 얼마 되지 않았을 무렵, 아내는 보여줄 것이 있다며 나를 집으로 데려갔다. 아내는 작은 냉장고의 냉동 칸을 열어 지퍼백처럼 생긴 비닐 봉투를 조심스레 꺼내 보여주었다. 이끼를 덮은 듯 뽀얀 연둣빛 새 한 마리가 눈을 감은 채 잠들어 있었다. 길에서 죽은 새였다. 다음 날, 우리는 그녀의 집 근처에 있는 난젠지(南禅寺)라는 절로 향했다. 아내는 굵직한 삼나무 아래의 흙을 파서 그 자그마한 새를 묻어주었다. 새의 평안을 빌며 함께 기도를 하던 그때 나는, 그 새의 이름조차 알지 못했다. 그저 말없이 함께 새를 묻어주며 나도 그녀 같은 사람이 되고 싶다는 생각만 했던 것 같다.

인간이 동경하는 유일한 생물은 '새'가 아닐까 싶다. 뭐든 할 수 있다고 믿는 인간도 홀몸으로 하늘을 날 수는 없다. 물속에서야 물고기나 고래나 거북처럼 자유자재로 헤엄을 치진 못해도 비슷하게 흉내라도 낼 수 있다지만, 하늘을 나는 건 전혀 다른 얘기이다. 기껏해야 글라이딩이나 번지점프 정도를 할 뿐이니, 새들이 본다면 얼마나 귀엽고 한심할까. 새는 인간이 지배할 수 없는 하늘을 누비며 살고, 우리는 그런 새를 우러러보고 산다. 그렇지만 새가 우리에게 곁을 허락하지 않는 것도 순전히 인간의 원죄이다. 대부분의 새들은 수대 동안 '인간은 우리를 해칠 거야'라는 시그널을 DNA에 차곡차곡 쌓아왔을 테고 사람의 모든 행위를 단지 위협으로 받아들인다. 새가 좋아서 가까이 가고픈 나는 그게 참 슬프다.

작년 한 해 동안 나는 유난히 많은 새를 만났다. 아무리 생각해도 우연이라 치기엔 너무 많은 새들이 나에게 다가와주었다. 다만 동화책에 나오듯 파닥파닥 날갯짓을 하며 날아와 어깨 위에 척하고 앉는, 그런

꿈 같은 만남은 아니었다. 오히려 가슴 아프고 슬픈 만남에 가까운 그 이야기들을 하나씩 꺼내볼까 한다.

아직 추운 2월. 아내가 나를 급히 불렀다. 집 안에 새가 한 마리 죽어 있다는 것이다. 나는 아내가 일러준 대로 급히 물부엌으로 가보았다. 그런데 정말이지 시멘트 바닥 위에 갈매기 한 마리가 엎드려 있는 것이 보였다. 날개를 반쯤 펼친 갈매기는 눈을 지그시 감고 시멘트 바닥 위에 죽어 있었다. 부리를 가벼이 다문 채 땅으로 내려온 갈매기는 생각보다 훨씬 컸다.

갈매기는 왜 이곳에서 죽음을 맞이했을까. 나는 데 서툰 새끼 갈매기였을까. 어딘가 벽에 부딪힌 걸까. 나와 아내는 아무 말도 못 하고 멍하니 갈매기를 내려다보고만 있었다. 다음 날 우린 수건으로 갈매기를 감싸 들고 숲으로 갔다. 우리가 자주 산책을 가는 곳이었다. 등산객들이 없는 사이에, 돌계단 옆 한갓진 길섶으로 들어가 삽으로 땅을 파고 그 큼직한 갈매기를 묻었다. 이 새는 평생 바다를 벗어나지 않고 살았을 텐데 산이 얼마나 낯설까도 싶었지만 볕도 잘 드는 이곳에 곧 봄이 오면 꽃도 필 테지, 하는 마음으로 우리는 흙을 덮어주고 돌아왔다.

그리고 며칠이 지났을까. 과수원에서 돌아오는 길이었는데 작은 새 한 마리가 찻길에 누워 있는 것이 순간적으로 보였다. 나는 급히 핸들을 꺾어 차를 돌렸다. 하지만 그 몇 초 사이에 쌩하니 차 한 대가 새 위로 지나갔다. 뜨거운 길 위로 새의 솜털이 하늘하늘 날리고 있었다. 나는 차에서 수건 하나를 꺼내 들고 서둘러 그리로 갔다. 갈색 줄무늬가 예쁜, 작은 새끼 종다리였다. 온종일 굉음만 들릴 아수라장 같은 아스팔트 위에서도 새는 너무나 평화롭게 눈을 감고 있었다. 작은 부리 사이에는 오미자즙 같은 옅은 핏물이 고여 있었다. 나는 수건으로 새의 몸을 덮어 들고 집으로 왔다. 그리고 아직 앙상하니 잠들어 있는 작약 아래에 새를 묻었다. 천리향이 갓 피던 이른 봄날이었다.

4월의 첫날이 오면 이곳에는 거짓말처럼 제비떼가 몰려온다. 올해 우리 집에 찾아온 제비부부는 작년에 지어진 둥지를 몇 번이고 살펴보다가, 뭔가 마음에 안 들었는지 새 집을 지으려는 듯했다. 제비들이 놀랍도록 빠른 솜씨로 둥지를 만들면 암컷 제비가 알을 낳고 품기 시작한다. 그러기를 며칠 몇 주. 아주 작고 가녀린 새소리가 들려올 때 즈음이면 새끼들이 태어났음을 눈치챌 수가 있다. 그럴 때 마당을 뒤져보면 엄지손톱만큼 작은 알껍데기가 반드시 있다.

제비 부부는 모두 네 마리의 새끼를 낳았다. 새끼들이 커가면서 엄마와 아빠 제비는 더욱 바쁘게 먹이를 나른다. 밤이 되면 엄마 제비는 둥지 근처에서, 아빠 제비는 현관문 손잡이 위에 앉아 잠을 잤다. 아빠 제비는 때로는 경첩 바로 위에서 졸기도 하고 문을 열어놓으면 문턱 위에 앉아 털을 고르며 시간을 보냈다. 제비는 나와 제법 가까이에서 눈이 마주쳐도 잠자코 있어주었다. 게다가 현관문 손잡이에 앉아 잠이 들 때면 우리가 쾅쾅대며 문을 열고 닫아도 날아가지 않았다. 긴 노동에 지쳤을 제비의 단잠을 방해하고 싶진 않았지만, 망할 놈의 센서 등은 현관 근처에만 가도 켜졌다가 한참이 지나야 꺼졌다. 그렇게 환하게 불이 켜져도 제비는 날아가지 않고 다시 잠을 청했다. 우린 밤이고 낮이고 언제나 조심스럽게 문을 여닫았다.

네 마리의 새끼들이 거의 다 컸을 무렵, 이상한 것이 하나 눈에 띄었다. 새끼 한 마리의 몸이 유독 더 작고 남달랐는데, 처음에는 그저 한배 형제들과 먹이 경쟁에서 밀린 탓이려니 하고만 여겼다. 그러던 어느 날, 무심히 둥지를 보는데 새끼 한 마리가 보이지 않았다. 그런데 마당 어딘가에서 귀에 익은 새소리가 들려오는 것이었다. 새끼 제비였다. 내가 가까이 가려 하자 제비는 엉금엉금 도망을 갔다. 아직 날 수 있을 만큼 충분히 자라지 않은 새끼 새라 푸드덕푸드덕 날갯짓을 하며 이리저리 나를 피했다. 그런데 뭔가 이상했다. 날개의 생김새가 심상치 않았다.

나는 조심스레 제비를 붙들어 날개를 살폈다. 그런데 정말이지 한쪽 날개가 이상했다. 다른 쪽보다 훨씬 작았다. 다친 것이 아니라 제대로 자라지를 못한 것 같았다. 이제 새끼 새들이 다들 날기 연습을 시작하려는 참인데, 이 새는 날 수 있을까. 그 먼 여행을 해낼 수 있을까. 나는 야생동물 구조 센터에 급히 연락을 했다.

센터에서 사람이 오는 사이, 나는 새끼 새를 계속 품에 안고 있었다. 처음엔 겁을 먹었던 제비도 어느덧 마음을 놓았는지 이내 눈을 감고 잠이 들었다. 이때 나는 제비가 눈을 감을 때 눈꺼풀이 아래에서 위로 올라간다는 것을 처음 알았다. 삼십 분쯤 지났을까. 집으로 온 구조대원은 새를 보더니 "이 제비는 날 수 없을 것 같습니다"라고 말했다. 그는 케이지 안에 제비를 넣고서, "평생 우리와 함께 있든지, 아니면… 편안히 보내주어야지요"라고 말했다. 나는 물론 이 새끼 새가 평생 그들과 함께 있을 수 없다는 걸 알고 있었다.

그 후 나는 그들에게서 아무런 소식을 듣지 못했다. 실은 애써 알고 싶지도 않았다. 그렇게 새를 보내고, 물끄러미 나를 내려다보던 제비 부부에게 나는 언제나 미안해했다. 그 모든 게 설령 내 잘못이 아니었을지라도, 나는 미안했다.

야생동물 구조대원들이 집에 온 것은 사실 처음이 아니었다. 그보다 몇 주 전, 과수원에서 돌아오는 길이었나, 꼬리를 심하게 다친 제비 한 마리가 대문 앞길에 주저앉아 있었다. 그래도 그 새는 그들의 도움으로 잘 회복되어 방사되었다. "무척 건강하고 너무 잘 납니다." 소식을 전해주던 구조대원의 목소리가 아직도 귓가에 선명하다. 그리고 또 어느 날, 마당에 주저앉은 멧비둘기 한 마리를 발견하고 S.O.S를 친 적도 있다. 구조대원들은 "심하게 다치거나 아픈 것 같지는 않고 아직 제대로 날지 못하는 어린 새인데 엄마를 잃은 듯하다"라고 말해주었다. 우리는 엄마 새가 찾기 쉽도록 옥상으로 새를 옮겨주고 쌀과 물을 갖다놓았다.

우리는 이 멧비둘기에게 '페이'라는 이름을 붙여주었다. 마침 저녁거리로 페이주아다(Feijoada, 콩과 돼지고기를 넣고 끓인 브라질 요리)를 준비하던 날이기도 했고, 중국어로 '날다(飞)'라는 뜻도 있어서 그렇게 이름을 지어주었다. 페이는 쌀도 다 먹고(실은 동네의 참새들이 다 먹어버렸던 걸지도) 금세 날갯짓을 하며 날 수도 있게 되었다. 그런데 어느 날부터 페이와 비슷한 몸집의 다른 비둘기 한 마리가 찾아왔다. 엄마일까. 형제일까. 친구일까. 알 수 없었다. 다만 둘은 꼭 붙어 있었고 절대 우리 집을 벗어나지 않았다. 둘은 밤이 되면 전깃줄에 나란히 앉아 잠을 잤다. 가끔은 대문 지붕 아래에 앉아 있기도 하더니, 어느 날부터는 소나무 가지 사이에 뭘 잔뜩 물어 와서는 평평하게 깔아놓고 그 위에 앉아 함께 시간을 보냈다. 목선이 유난히 가늘고 예뻤던 그 비둘기에게 나는 '티엔(天)'이라는 이름을 붙여주었다.

지금은 페이도 티엔도 집에 오지 않는다. 페이도 티엔도 어른 새가 되어 어딘가에 둥지를 틀고 살고 있을 것이다. 하지만 어쩌다 가끔씩 우리 집 소나무에 멧비둘기라도 날아와 앉을 때면, 나는 '혹시 페이나 티엔이 온 걸까' 하고 마음속으로 묻곤 한다. 그렇게 이름을 붙여준 뒤

로 주변의 모든 멧비둘기들이 예사롭게 보이지 않는다. '혹시라도 페이나 티엔이 아닐까'라는 생각부터 하게 된다.

새들도 물론 땅으로 내려온다. 하지만 땅은 인간이 주인 행세를 하는 곳이다. '새는 날개가 있으니까'라고 사람들은 생각하겠지만 날개가 있는 새도 무참한 사람의 속력을 이기지는 못한다. 나는 것보다 뛰는 것을 좋아하는 꿩이나, 먹이를 쫓으며 낮게 나는 까치, 멧새와 참새, 용감하게 사람 근처까지 다가오는 직박구리도 길 위에서 자주 희생당한다. 나도 사람이고 차를 모는 존재라 언제라도 새를 해치는 가해자가 될 수 있다는 걸 안다. 그러기에 길에서 삶을 마감하는 새들을 볼 때, 나는 가능하다면 유해를 수습해서 땅으로 돌려보내주려 애쓴다. 새들의 염장이가 되려는 것이다. 물론 로드킬은 상상 이상으로 잦아서 지나치거나 지나칠 수밖에 없는 경우가 더 많다. 그런 길 위의 죽음을 만날 때마다 나도 모르게 속도를 내며 달리는 나를 돌이켜본다. 그런데 뭐가 급했나, 생각해보면 대부분 그리 급한 일도 없더라.

한번은 어느 후박나무 길 위에서 죽은 직박구리를 보았다. 차에 치인 직박구리의 몸을 챙기던 나는 직박구리의 눈이 그렇게 푸른지 처음 알게 되었다. 하늘을, 바다를 닮은 듯 짙푸렀다. 그런데 새의 유해 근처로 또 한 마리의 직박구리가 이리저리 서성대더니, 나를 보고는 나무 위로 홱 달아나버렸다. 그 새의 눈에는 죽은 친구를(혹은 가족을) 묻는 내가 뭐로 보였을까. 나쁜 놈! 네가 죽였지! 너희가 죽였지! 쇳덩어리 괴물로 내 친구를(혹은 내 아내를) 죽였지! 날카롭게 찍찍대는 직박구리의 고함을 뒤로하고, 유난히 낙엽이 많이 쌓인 길섶에 그 푸른 눈의 새를 묻어준 기억이 난다.

그 어디가 되었든 내가 새를 묻어준 곳을 지날 때면 늘 기분이 남다르다. 이미 반쯤 상한 까마귀를 묻어주었던 그 가을 숲속. 그 길을 지날 때마다 나는 아직도 고개를 돌려 새의 안식을 조용히 묻는다. 새를 묻어준 지 몇 달이 지난 뒤에도 새의 무덤은 한결같았다. 무덤 위에 올려둔 빨간 자금우열매, 산수국과 엉겅퀴 한 송이, 그리고 보송한 수크령 두 송이가 오래도록 같은 자리를 지켜주고 있었다.

어떤 죽음도 무게는 똑같다. 그 무게의 이름은 이별이다. 작년에 내가 맞이한 그 죽음들. 땅 위로 내려온 그 많은 날개를 묻어주었던 기억. 나는 그 모든 이별을 하나하나 잊지 않고 있다. 이제 또 봄이 왔고, 올해에는 또 얼마나 많은 새를 만나게 될까. 다만 바람이 있다면, 그들이 그렇게 땅으로 혹은 내 손 위로 내려오지 않았으면 좋겠다. 내가 발을 디딘 이 땅은, 새에게는 너무나 거칠다. 나는 멀찌감치 가슴 졸이며 새를 바라만 보고 살아도 족하다. 그저 저 하늘로, 더 멀리 높게 날아가면 좋겠다. 새는 인간의 영토보다 더 광활한 곳을 누비는 존재이니까. 멀고 높은 곳에서 언제까지나 인간의 거만함을 비웃으며 살아줬으면 좋겠다. 하지만 그러다 어쩌다라도 땅으로 내려온 날개를 또 만나게 된다면, 나는 또 어쩔 수 없이 그들을 돌려보내줄 땅을 고르며 슬퍼하고 있겠지만 말이다.

P. S. 이 글을 쓰고 며칠이 지난 어느 날, 나는 멧새 한 마리를 또 과수원에 묻었다. 수국 아래에 새를 묻고 무덤 위에 꽃송이를 뿌려주었다. 동백꽃이 아직 환한 계절이었다. 다시는 땅에서 만나지 말자고 바랐던 나의 소망이 올해에도 이뤄질 것 같지는 않다.

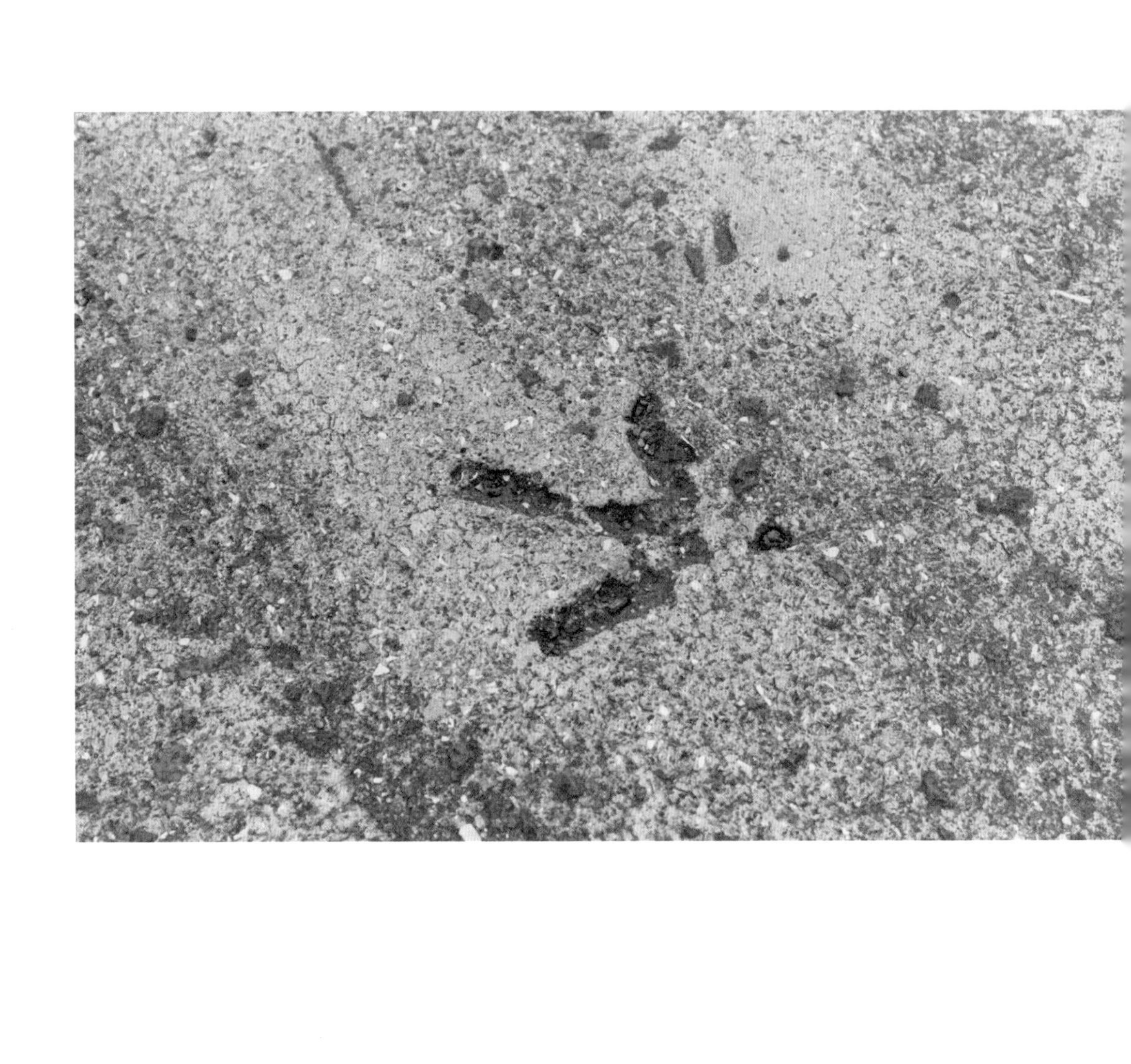

그 가을 숲속 4/25, 2017

별처럼 내린
삼나무 열매를
밟으며 걷던 그 가을날
그 가을 숲속에

하늘에서 내려와
나를 기다린 듯
땅에 누운 날개
슬퍼하는 이 하나 없던
그 가을 숲에서

검고 찬 흙
길고 깊은 곳으로
눈 감은 새 한 마리
날려 보내고 돌아오는 길

흐느끼는 삼나무의
노랫소리만 들려오던

가을,
시리고 맑은
숲속

검고 찬 흙
길고 깊은 곳으로
눈 감은 새 한 마리
날개 붙내고 돌아드는 길

흐느끼는 삼나무의
웃음소리만 들려오던

가을,
시리고 맑은
숲속

가을,
그 가을 숲속

그 가을 숲속

별처럼 내린
삼나무열매를
밟으며 걷던 그 가을날
그 가을 숲속에

하늘에서 내려와
나를 기다린 듯
땅에 누운 날개
슬퍼하는 이 하나 없던
그 가을 숲에서

검고 찬 흙
깊고 깊은 곳으로
눈 감은 새 한 마리
날려 보내고 돌아오는 길

흐느끼는 삼나무의
노랫소리만 들려오던

가을,
시리고 맑은
숲속

검고 찬 흙
깊고 깊은 곳으로
눈 감은 새 한 마리
날려 보내고 돌아오는 길

흐느끼는 삼나무의
울음소리만 들려오던

가을,
시리고 맑은
숲속

가을,
그 가을 숲속

손을 잡는다는 것

나는 참 많은 나무와 함께 산다. 내가 농사를 짓는 과수원에는 물론 감귤나무가 가장 많지만, 과수원을 둘러 방풍림으로 심긴 동백나무며 삼나무와 까마귀쪽나무도 꽤 많이 있다. 얼마 전까지는 멀리서도 쉬이 보이게 키가 삐죽이 큰 소나무도 한 그루 있'었'다. 그 소나무는 이 근처 어디서도 그만한 나무를 찾을 수 없을 만큼 컸다. 그래서 새가 둥지를 틀기에도 정말 좋은 나무였다. 아니나 다를까 작년 봄이었나, 한 쌍의 까치 부부가 나뭇가지에 열심히 둥지를 틀기 시작했다. 까치는 간혹 나타나는 까마귀나 다른 새를 열심히 쫓으며 차근차근 둥지를 지어나갔다. 멀리서 정확히 가늠하기는 힘들지만 둥지는 꽤 큰 것 같아 보였다. 나는 혼자서 '저 둥지는 요강만 할까, 늙은 호박만 할까' 하며 궁금해하곤 했다.

어느 새든 새의 둥지는 그 자체로 경이롭다. 제비는 물론이고, 과수원 풀숲에 튼 직박구리의 둥지도 그렇다. 부리 하나로 어찌 그렇게 뚝딱뚝딱 집을 만들어내는지. 하긴 누구는 스스로 집을 짓지 못하는 동물은 인간밖에 없다고 했다지만, 그렇게 집을 짓는 새를 멀리서나마 보고 있자면 '아, 이들은 모두 공예가로구나' 하고 생각하게 된다. 작고 정교하고 세심하게 결은 둥지를 자세히 보면, 세상 어디에도 새의 둥지만큼 '품다'라는 말과 어울리는 공예품은 없는 것만 같다.

실은 그 소나무는 근래 무척 심각한 재선충에 감염되어 이미 말라 죽은 지 오래된 나무였다. 까치는 죽은 나무에 집을 지었던 것이다. 알을 낳았는지 어땠는지까지는 알 수 없지만, 결국 문제가 생기고 말았다. 바람이 심하게 불던 어느 날, 둥지가 자리 잡은 소나무 가지가 우지끈 부러져버렸다. 홀로 서 있던 소나무의 시신이 모진 바람에 한 번 더 훼

손된 셈이다. 암반 위에서 평생을 홀로 살아온 소나무가 맞은 두 번째 죽음이었다. 물론 까치의 보금자리도 산산이 부서져버렸다. 돌담가로 패대기쳐진 까치의 둥지는 생각보다 훨씬 크고, 정교했다. 그리고 까치는 우리 밭을 떠났다.

소나무에서 조금 떨어진 밭담가에는 배나무 두 그루가 있다. 덩치로 보면 아직 청소년쯤 될 법한 나무들인데 과수원의 전 주인이 심어놓은 듯싶다. 아직 열매를 맺지는 못하지만 그래도 봄에는 제법 다섯 장

의 하얀 꽃잎을 펼쳐냈다. 나는 처음엔 이 나무들의 존재조차 알아채지 못했다. 무슨 나무인지도 몰랐을뿐더러, 귤나무들과도 멀리 떨어져 있으니 거름을 주기도 방제를 하기도 애매했다. 전 주인은 여름 무렵 과수원을 내놓았는데, 사실상 그해 봄과 여름엔 나무들을 방치하다시피 한 셈이었다. 본디 튼튼한 감귤나무는 그럭저럭 그 시간을 견뎌낼 수 있었겠지만, 이 가여운 '청소년' 배나무들은 한눈에 봐도 몹시 약해져 있었다.

나는 힘없이 서 있는 배나무 두 그루가 자꾸 눈에 밟혀서 호스 줄을 끌어와 감귤나무와 똑같이 영양제를 뿌려주었다. 비료도 듬뿍듬뿍 주고 방제도 해주었다. 그렇게 여름이 지나고 가을이 왔다. 그런데 어느 날 나는 놀라운 모습을 보았다. 꽃이 핀 것이다. 배꽃은 봄에 핀다는데, 어찌된 영문인지 알 수가 없었다. 이상기후 때문인가. 심하게 가문 여름 날씨에 나무가 미쳐버린 걸까. 걱정스러운 마음을 아는지 모르는지, 배나무 두 그루는 열심히 꽃을 피워댔고 나는 거의 2주일 동안 생각도 못한 가을 배꽃을 맘껏 보았다. 그리고 그렇게 열렬히 꽃을 피우는 모습을 지켜보자니, 마치 나무가 말을 거는 것처럼 느껴졌다. 나는 그때 이들에게도 '아빠'가 되어야겠다고 마음을 먹었다. '유기목' 두 그루를 입양한 셈이었다.

감귤 농사는 3월의 가지치기(전정)로 시작된다. 그리고 3월 말, 봄 순이 '움직일 때' 하는 첫 방제를 시작으로 서서히 호흡이 빨라진다. 땅에 풀이 돋아나고 벌레들이 몰려오는 만큼, 봄 순이 바삐 자라고 잎이 펼쳐지고 하는 모든 것이 '순간'에 이뤄진다. 그러다 보면 어느새 꽃이 피고, 지고, 여름이 온다.

요즘 이곳에서는 '1/2간벌을 하자'는 운동을 많이들 한다. 주로 농협이나 관공서에서 그런 사업을 지원하는데 예전에 조성된 과수원은 나무를 너무 빽빽하게 심어놓아서 햇빛을 고루 받기도 어렵고 바람도 잘 안 통한다는 것이다. 그래서 절반의 나무를 베어내고 더 널찍한 생육환경을 만들어주자는 것이 목적이다. 좋기로만 따진다면, 애초에 묘목을 심을 때 충분한 공간을 미리 확보해주는 것이 가장 좋겠지만, 앙상한 묘목들 사이사이 공간을 휑하니 두는 것이 농부들의 정서에 맞을 리 없어 그게 어려운 모양이다. 그렇게 간벌이 된 것인지 몰라도 과수원 중간중간에는 베인 나무의 그루터기가 꽤 보인다. 그루터기로 잘린 나무 몸통은 수많은 계절 동안 비바람을 맞으며 생명 없는 '나무토막'이 되어 삭아간다.

어느 늦은 3월, 가지치기를 끝낸 나는 수북이 쌓인 잔가지를 파쇄기에 밀어 넣고 있었다. 그런데, 아! 손에 쥔 감귤 나뭇가지 사이로 아주 날카로운 가시가 보였다. 새파랗게 끝을 벼리고 무섭게 나를 쳐다보는 듯한, 탱자나무의 가시였다. 그런데 더 자세히 보니, 시커멓게 죽은 탱자 대목의 그루터기에서 파랗고 날카로운 순이 돋아나 있었다. 나는 이해할 수 없었다. 오래전에 잘려서 광합성도 할 수 없는, 생명 없는 그루터기가 어떻게 이런 요망진 새순을 돋아냈을까.

'나무는 서로 도울 수 있다'고 주장하는 사람이 있다. 독일의 산림학자 페터 볼레벤은 그의 책 『나무수업』에서 이런 얘기를 꺼낸다. '나무는 어떻게 서로를 돕는가?'

"나무가 서로를 돕는다고?", "손도 없고 발도 없고 입도 없는 나무가 서로를 위로할 수 있다고?" 물론 그렇게 묻는 사람들도 있을 것이다. 그런데 그의 말에 따르면, 잎과 줄기가 잘린 동료가 더 이상 광합성을 하지 못하게 되면, 뿌리를 맞대고 사는 이웃 나무들이 뿌리를 통해 서로 양분을 나누며 살기도 한다는 것이다. 그렇다면 빽빽하게 심긴 나무들이 무조건 불행하다는 생각은 우리의 편견일지도 모른다. 나무뿌리에 사는 수많은 미생물들도 분주히 메신저 노릇을 하며 도움을 주며 그들과 함께 살아갈 것이다. 반대로 외톨이처럼 홀로 심긴 나무는 주변의 그 누구와도 연대할 수 없으니 더 외로움을 탈까? 그의 책을 읽고 나서 나는 내 손을 찔렀던 탱자나무 가시가 어떻게 그리도 잘 자랐던 건지 조금은 짐작할 수 있었다.

모여 사는 나무는 어떻게 이야기를 나눌까. 때로는 향기로, 때로는 우리가 들을 수 없는 주파수의 소리로, 그리고 땅 아래에 맞닿은 뿌리와 뿌리로, 어쨌든 우리가 감히 짐작하지 못할 방법으로 속삭이고 있을 것 같다. 우리의 눈은 겨우 나무의 줄기와 수관과 잎(지상부)만을 본다. 그러나 물론 그것이 나무의 전부는 아니다. 땅 속에 숨겨진 뿌리(지하부)의 크기는 지상부만큼 크다. 다만 인간의 눈에 띄지 않을 뿐, 모든 나무는 몸의 반쪽을 땅 아래에 묻고 살아간다. 줄지어 심긴 과수원의 나무도 서로서로 뿌리를 맞대고 살 수밖에 없을 것이다. 그건 마치 겨울밤 온돌방에서 한 이불 아래 서로 손과 발을 맞대고 다닥다닥 붙어 앉은 사람들의 모습과 같다! 그렇게 나무도 흙 이불을 나눠 덮고 서로를 어루만지며 살아가고 있는지 모른다. 배가 고픈 친구에게는 흙 이불 아래로 먹을 것도 나누고 간지럼도 태우고 서로를 쓰다듬으며, 우리의 언어로는 가늠할 수 없는 수많은 이야기를 나누며 살고 있지는 않을까.

그러니 그루터기는 죽지 않았던 것이다. 상하고 썩어가는 뿌리를 붙들어준 그 누군가, 친구의 손길이 있었던 것만 같다. 그렇게 나무도 우리처럼 친구의 도움과 연대로 살아간다. 그러고 보니 외떨어진 곳에서 쓸쓸히 죽어간 소나무가 더욱 가엽다. 까치들은 부러진 나뭇가지 아래에 다시 둥지를 틀었고 한 해를 잘 보낸 뒤 날아갔다. 그리고 겨울이 되고 관청에서 사람들이 몰려왔다. 크레인에 올라탄 사람들은 굉음을 내며 나무의 남은 유해를 마저 잘라내었다. 이제는 그루터기 위에 '제선충에 감염되었음'을 표시하는 붉은 스프레이 자국만 남아 있다. 사망 선고를 받은 듯한 이 그루터기에 또 다른 삶이 자라날까만은, 괜히 아쉬운 마음에 나는 또 혼잣말을 해본다. '이 나무도 뿌리를 맞잡아줄 친구가 있다면 어땠을까.' 다시 보니 두 그루의 어린 배나무는 마치 서로 기댄 듯 살아가고 있다. 이제 조금은 더 건강해진 배나무 형제가 잎을 피운, 봄이 찾아왔다.

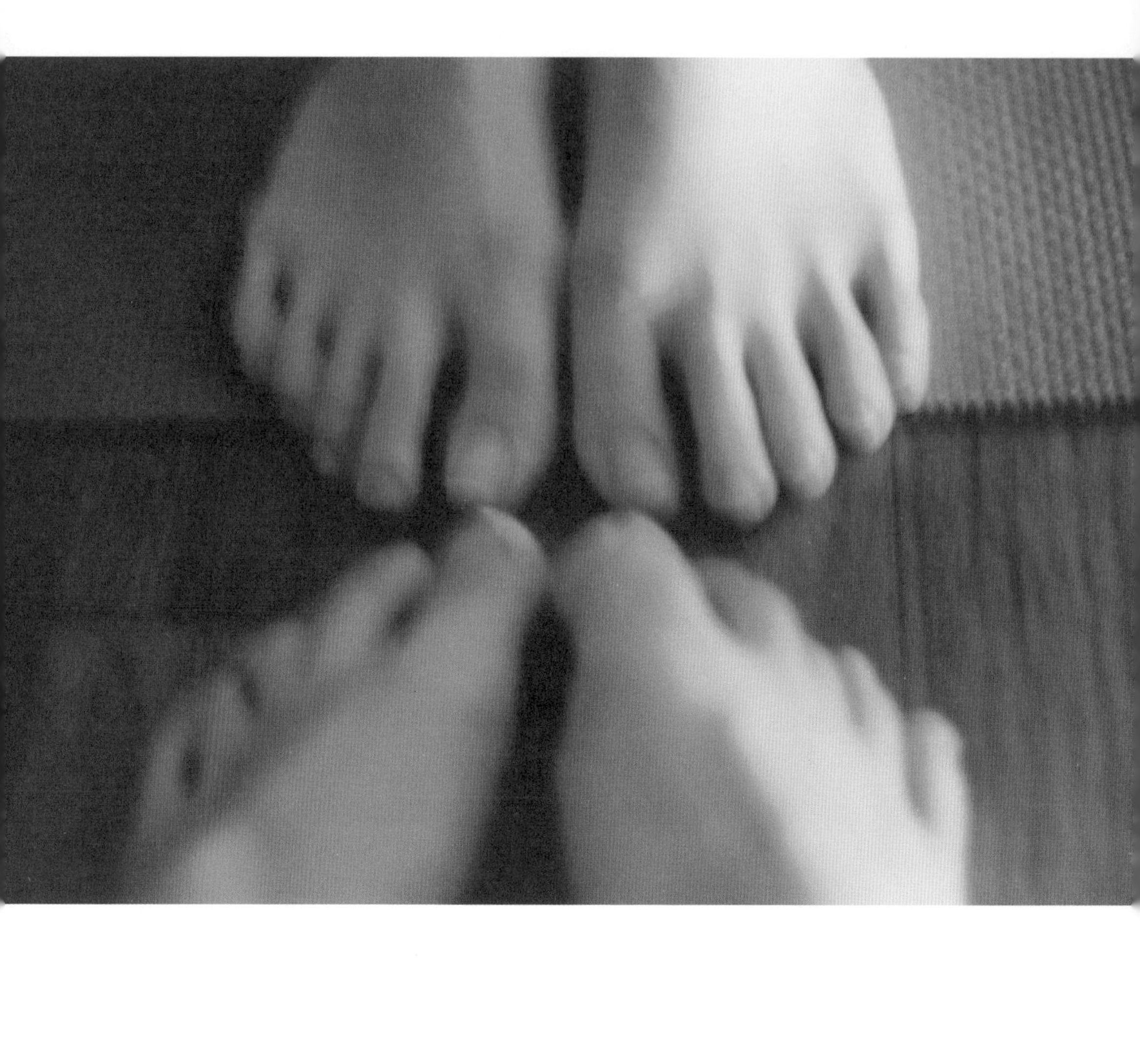

선물

내가 처음 아내를 만났던 것은 5년 전 일이다. 아내는 교토에서 '벌노랑이'라는 꽃을 연구하는 식물학도였다. 친오빠의 결혼식에 참석하기 위해 잠시 귀국했던 그녀를 만난 다음 날, 우린 다시 멀리 떨어졌다. 상상도 못했던 장거리 연애가 그렇게 시작되고 한 달쯤 지났을까, 나는 사실상의 첫 데이트나 다름없는 일본 여행을 떠났다. 비행기를 타기 전날, 나는 여러 가지 선물을 바리바리 쌌다. 그녀의 취향을 잘 알지도 못할 때여서 생각나는 대로 이것저것을 챙겨 넣었지 싶다. 음악을 좋아하는 그녀에게 가장 먼저 주고 싶었던 것은 이어폰이었다. 내가 꽤 오랫동안 쓰던 것인데 새것은 아니지만 많이 아껴온 것이라 큰 의미가 있는 물건이었다(아내는 아직까지도 그 낡은 이어폰으로 음악을 듣는다). 나는 유학생들이 반길 만한 먹을거리도 잔뜩 사 넣고 메모리폼 베개 하나와(별로 로맨틱한 선물은 아니지만 그럴 만한 이유가 있었는데, 당시 유학생이던 그녀가 목과 허리 통증에 시달리고 있다는 말을 전해 들었기 때문이다. 실은 나도 유학 시절 얻은 비슷한 '근골격계' 질환으로 고생을 하던 터라, 그게 남의 일 같지가 않았다) 책도 한 권을 사 들고 갔다. 일본의 동시 작가 가네코 미스즈(金子みすゞ)의 『나와 작은 새와 방울과』라는 시선집이었다. 원래 책

선물을 잘 하는 편은 아니지만 이 책은 그녀도 왠지 좋아할 것 같았다.

이듬해 초 그녀는 유학생활을 정리하고 귀국을 했다. 그리고 그해 3월, 우리는 나의 생일을 처음으로 함께 맞이했다. 혼자 살던 집에서 우리는 조촐한 생일 축하를 했는데, 그때 그녀가 나에게 준 첫 생일선물은 몹시 의외의 것이었다. 그 선물은, 중간 크기의 빨간 몰스킨 수첩이었다. 궁금한 마음에 첫 장을 넘기니 그녀가 펜으로 적은 메시지가 적혀 있고 다음 장부터 미스즈의 시 여러 편이 하나하나 한글로 옮겨져 있었다. 아직 우리나라에 소개되지 않은 시를 그녀가 직접 번역한 것이었다.

그녀는 선물을 건네주며 왜인지 눈물을 글썽였다. 왜 그랬을까. 나는 그때도, 그 이후로도 이유를 묻지 않았다. 함께할 시간이 많아졌다는 기쁨, 막 졸업을 하고 돌아온 형편에 근사한 선물을 해줄 수 없는 미안함, 몇 달 동안 몰래 짬을 내 번역을 하느라 힘들었을 기억, 나란 사람을 통해 알게 된 미스즈와의 만남, 이 모든 감정이 뒤섞였던 건 아니었을까, 하고 아직도 혼자 짐작만 한다.

그녀는 동화작가 미야자와 겐지를 좋아한다. 연애 초기, 나는 그녀에게 조금이라도 더 잘 보이고 싶은 마음에 수시로 겐지의 동화책을 선물하곤 했다. 때마침 국내의 어느 출판사에서 미야자와 겐지의 전집을 출간했고 나는 얼씨구나 싶은 마음으로(읽어보지도 않고서) 그 책들을 사다 바쳤다. 하지만 그를 그저 『은하철도의 밤』을 쓴 작가 정도로만 알고 있던 나는 겐지의 작품을 읽어본 적도 없을뿐더러 별 관심도 없었다. 좋아해보려는 노력을 전혀 하지 않은 것은 아니었지만, 아무리 애를 써도 찜질방의 목침 같은 그 두꺼운 책의 글자가 눈에 들어오지 않았다. 그 오묘한 정서도 마음에 닿지 않았다. 어디서 언제 웃어야 할지 모르는, 오래된 구식 개그를 보는 기분과 비슷했달까.

그렇게 2년여의 시간이 지나고 우리는 함께 서울을 떠나게 되었다. 우리는 함께 살 곳을 알아보러 지금 살고 있는 이 섬으로 여행을 왔다. 몹시 시린 초겨울 어느 날이었다. 몸과 마음이 다 날아갈 듯 시린 바람을 맞으며, 살 집을 구하러 함께 섬을 돌고 돌았다. 그 모든 것이 불안하고 막막했던 어느 날 밤, 나는 처음으로 그녀 앞에서 펑펑 울어버렸다. 그러면서도 나는 어떻게든 그 어딘가든 우리가 함께할 수 있을 거라고 믿었다. 마침내 우리의 형편에 맞고 마음에도 드는 집을 찾았을 때는 나침반 하나 없이 망망대해를 표류하다 작은 섬 하나를 만난 것 같은 기분이었다. 그 둘만의 '섬 속의 섬'에 우리는 함께 닿았고, 지금까지 살고 있다. 너무나 큰 선물이었다.

시골생활 첫해를 돌이켜보면 나도 아내도 가벼운 우울증을 앓고 있지 않았나 싶다. 당장 어떻게 살아야 하나 하는 현실적인 문제부터 눈앞의 결혼까지(실은 결혼'식'에 대한 공포에 가까웠지만), 눈을 꽁꽁 가린 채 서로의 손만 잡고 걸어가야 하는 기분이었다. 그해 나는 단 한 번의

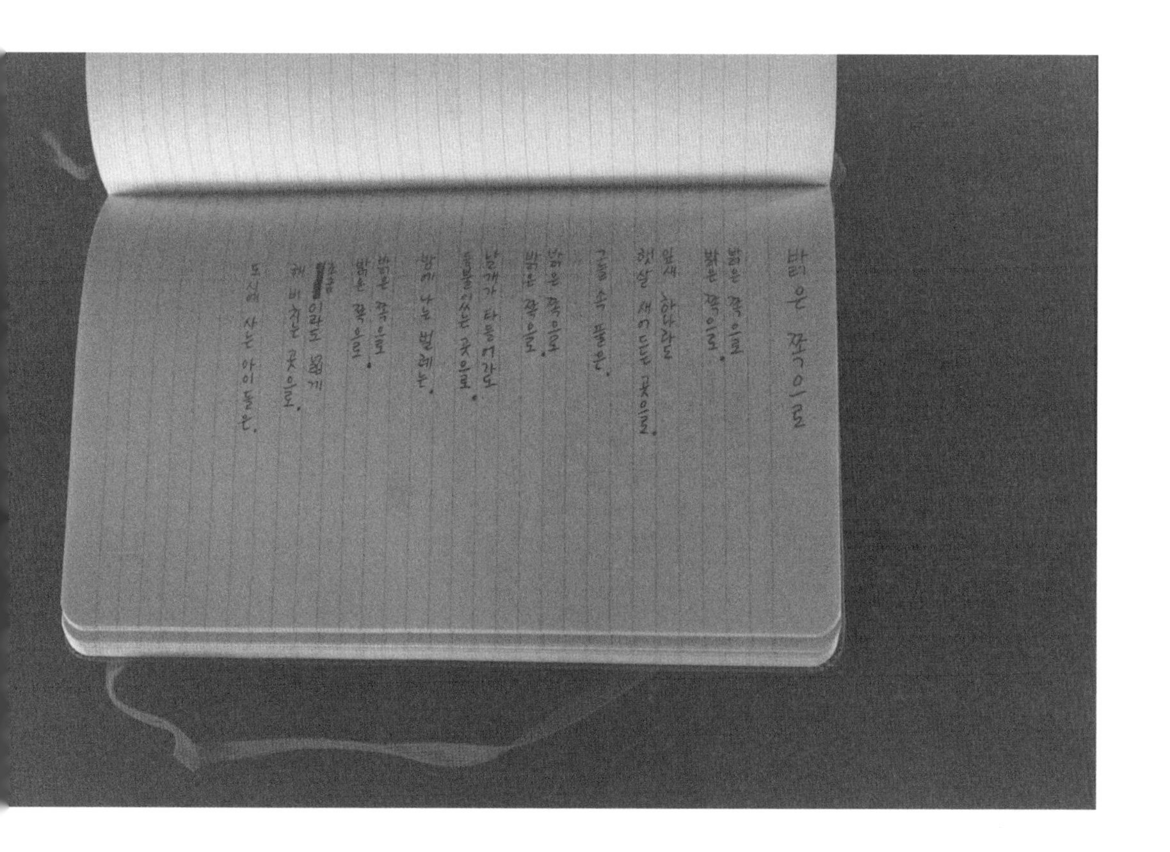

공연도 할 수 없었다. 음악을 시작한 지 십 몇 년 만에 처음 있는 일이었다. 그 무렵 나는 무심코 다시 겐지의 동화를 읽기 시작했다. 그런데 서울에서는 그렇게 건조해 보이던 글이, 신기할 정도로 벅차게 마음속으로 차올랐다.

누군가는 '가장 좋은 독자는 다시 읽는 독자'라고 했다. 똑같은 글도, 음악도, 사람도, 풍경도, 언제나 달리 다가오니까. 겐지의 동화를 생각하면 나는 그해의 여름이 떠오른다. 특히 그중에서도 농업기술센터의 농기계 교육장이 생각난다. 트랙터가 흙먼지를 내며 500여 평 되는 실습 포장(圃場) 위를 굴러다니고, 맞은편에서는 미니 굴삭기가 줄을 지어서 땅을 파고 있었다. 쇳소리와 흙먼지와 햇살이 뒤범벅되어 날리던 여름날이었다. 그 시끄러운 교육장 주변에는 유독 코스모스가 많이 피어 있었다. 하얀 코스모스, 자줏빛 코스모스, 선홍색 코스모스…. 나는 웅웅거리는 농기계 쪽으로 눈을 돌리지도 못하고, 그 옛날 어느 산골의 농부였던 겐지의 책을 손에 쥔 채 하염없이 코스모스만 바라보았다. '코스모스는 여름의 꽃이로구나.' 나는 그때 처음으로 '동화를 쓰고 싶다'라는 생각을 하게 되었다.

나는 밭일을 하다 짬이 나면 동화를 썼다. 동화를 쓸 때면, 겐지가 열어둔 작은 문을 몰래 지나 현실과 전혀 다른 세계를 만날 수 있었다. 자각몽을 지휘하듯 원하는 대로 이야기를 만들고, 풍경을 채색하고, 주인공의 얼굴과 마음을 만들어내었다. 매일 보는 나무와 꽃과 풀을 글 속으로 한 그루, 한 포기씩 옮겨 심었다.

내가 그렇게 동화를 쓰기 시작할 그 무렵, 그녀는 동시를 쓰고 있었

다. 나는 나대로, 그녀는 그녀대로 무언가를 절실하게 써야만 했던 시간들이었다. 그리고 이듬해 봄, 그녀는 동시집을 냈다. 그녀의 이름으로 낸 첫 책이었다. 우리는 이 책을 직접 만들어서 가까운 이들에게 선물도 하고 아주 일부는 팔기도 했다. 신기하게도, 50권도 채 찍지 않은 이 책을, 알음알음 아는 사람들이 생겼고 또 다른 인연을 맺어주기도 했다. 그리고 같은 해, 나는 「푸른 연꽃」이라는 동화를 썼고 그 동화는 내 일곱 번째 앨범 『누군가를 위한,』의 일부가 되어 세상에 나왔다. 아내에게 미스즈의 동시를 소개해준 나는 겐지처럼 동화를 썼고, 나에게 겐지의 동화를 알려준 아내는 미스즈처럼 동시를 쓰는 사람이 되었다. 우리는 그렇게 선물을 주고받았고, 우리는 서로에게 선물이 되었다.

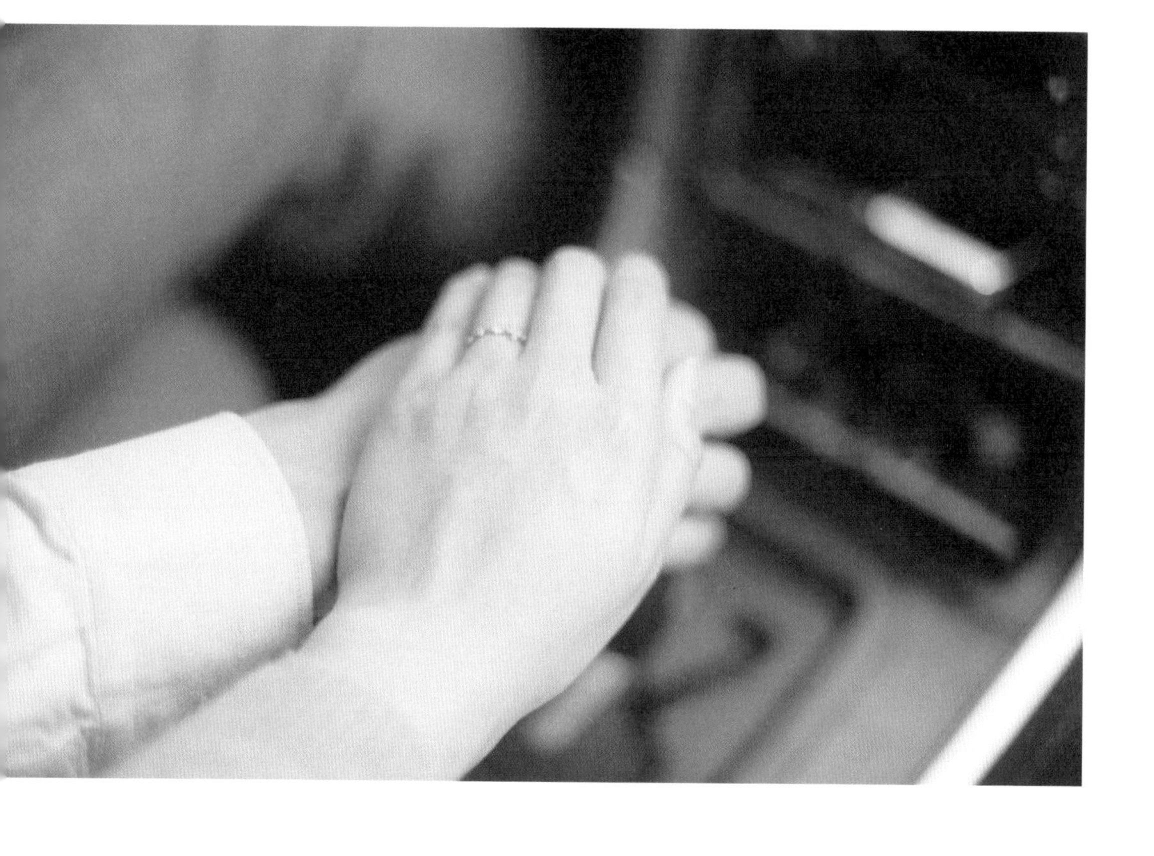

銀河鐵道의 밤 4/21. 2017.

마지막 기차는 떠나고 아무도 없는 텅 빈 역. 하늘에 뜨건 달빛, 반짝이며 기러기 떼 뜨네. 얼어붙은 철길 위에는 검은 눈이 내린다. 銀河水를 건너온 열차는 은빛 강물로 빛나네.

'아무도 깨우면 안 돼. 아무도 놀라지 않게 열차를 타라. 은빛 열차를 타라.'

열차는 두둥실 떠올라 수없이 같은 언이를 밟고, 들려오는 차장의 목소리, "모두, 환영합니다." 갈무리를 건너 기러기 떼를 리나 '어서, 가라. 어서, 가라. 날이 밝아오기 전에. 어서, 가라.'

사람들은 모두 말없이 손에 쥔 사진을 보네. 엄마 얼굴도 오빠 얼굴도 강아지도 찾아버리고 있네. 이소 잊고 사람들 하나둘 눈을 감고 잠이 들면, '느르륵' 창문이 열리고 별빛이 쏟아진다.

'아무도 깨면 안 돼. 아무도 놀라지 않게. 열차는 간다. 은빛 열차는 간다.'

기적 소리에 눈을 뜨니 열차는 걸음을 멈추고, 창문 너머 플랫폼 가득 찬 보고 싶던 얼굴들. 사람들은 부둥켜안고서 하나둘 날아가네. 어느새 텅 빈 열차는 별똥별이 되어 사라지네.

銀河鐵道의 밤

마지막 기차는 떠나고 아무도 없는 텅 빈 역. 하늘에 켜진 달빛, 반짝이며 기지개 켜네.
얼어붙은 철길 위에는 검은 눈이 내린다. 銀河水를 건너온 열차는 은빛 강물로 빛나네.
'아무도 깨우면 안 돼. 아무도 놀라지 않게. 열차를 타자. 은빛 열차를 타자.'
열차는 두둥실 떠올라 수염 같은 연기를 뿜고, 들려오는 차장의 목소리, "모두, 환영합니다."
달무리를 건너 기러기 떼를 지나 '어서, 가자. 어서, 가자. 날이 밝아오기 전에. 어서, 가자.'
사람들은 모두 말없이 손에 쥔 사진을 보네. 엄마 얼굴도 오빠 얼굴도 강아지도 할아버지도 있네. 미소 짓던 사람들 하나둘 눈을 감고 잠이 들면, '스르륵' 창문이 열리고 별빛이 쏟아진다.
'아무도 깨면 안 돼. 아무도 놀라지 않게 열차는 간다. 은빛 열차는 간다.'
기적 소리에 눈을 뜨니 열차는 걸음을 멈추고, 창문 너머 플랫폼 가득 찬 보고 싶던 얼굴들.
사람들은 부둥켜안고서 하나둘 날아가네. 어느새 텅 빈 열차는 별똥별이 되어 사라지네.

¿불러드를 줄까요? 5/25. 2017

구름은 다 걷히고
달도 잠든 어두운 밤
눈을 감은 그대다 ~
별이 보고 싶다고
내게 기대던 그 밤
나, 아직 기억하고 있어요

내가 물어본 적 있나요?
그랬던 것 같아요
그래도 다시 묻고 싶어요

나를 왜 사랑했나요?
어떻게 내 마음을 알았나요?
그래도 나를 기다렸나요?
자, 내 손을 잡아볼래요?
그리고 눈을 떠 볼래요?
은하수를 보여줄게요

쏟아지는 별빛 속에도
눈을 감지는 말아요
두려워할 것 없어요
내 손을 놓지는 말아요
꿈은 깨기는 싫어요
별들의 노래 들리나요?

우리,
¿볼레로를 출래요?

반짝이는 이 밤도
아직 많이 남아 있어요

우리,
¿볼레로를 출래요?

눈을 감으면 안 돼요
내 사랑이 되어줄래요?

¿볼레로를 출까요?

구름은 다 걷히고
달도 잠든 어두운 밤
눈을 감은 그대와 나
별이 보고 싶다고
내게 기대던 그 밤
나, 아직 기억하고 있어요

내가 물어본 적 있나요?
그랬던 것 같아요
그래도 다시 묻고 싶네요

나를 왜 사랑했나요?
어떻게 내 마음을 알았나요?
그래도 나를 기다렸나요?
자, 내 손을 잡아볼래요?
그리고 눈을 떠볼래요?
은하수를 보여줄게요

쏟아지는 별빛 속에도
눈을 감지는 말아요
두려워할 것 없어요
내 손을 놓지는 말아요
꿈을 깨기는 싫어요
별들의 노래 들리나요?

우리,
¿볼레로를 출래요?

반짝이는 이 밤도
아직 많이 남아 있어요

우리,
¿볼레로를 출래요?

눈을 감으면 안 돼요
내 사람이 되어줄래요?

농부의 취향

처음 농사일을 시작하면서 나는 많은 농부의 도움을 받았다. 그들은 농사를 짓게 된 연유도 제각각이고 경력도 제각각, 농사 방식도 작목도 모두가 달랐다. 다만 공통점이 하나 있다면, 모두가 선뜻 나의 '입문'을 도와주었다는 것인데, 그들의 덕으로 나는 이렇게 농부로서의 네 번째 봄을 맞이할 수 있게 되었다.

나는 바닷가를 낀 작은 농촌마을에 산다. 오래된 포구를 품은 이 아름답고 조용한 마을에 살게 된 것은 정말 우연이었다. 집을 알아보며 무작정 섬을 돌던 어느 날, 무심코 어느 지역 신문의 광고를 본 우리는 낯선 이름의 마을로 향했다. 마을은 바닷가에 있었지만 눈에 먼저 들어온 것은 드넓은 채소밭이었다. 쪽파, 브로콜리, 양배추, 콜라비, 비트…. 한겨울의 시린 바람과 어울리지 않게 들판은 너무나 푸르렀다.

우리가 찾아간 집은 전형적인 농가 주택이었다. 안채와 바깥채가 있었는데 바깥채는 거의 폐가나 다름없었다. 그래도 시멘트 마당 한편에는 꽃밭도 있고 작은 텃밭도 일궈져 있었다. 주인아저씨는 작은방 하나와 큰방 하나가 있는 집 안으로 우리를 안내해주었다. 아주 오래된 집을 직접 고쳐가면서 살고 있다며, 주인은 자랑스레 얘기를 했다. 반짝반짝 햇살이 쏟아지던 응접실에는 지금은 보기 힘든 오래된 원탁 하나가 놓여 있었다. 테이블에 앉아 차를 마시며 내다본 창밖의, 그 낯선 풍경의 '높이'를 나는 지금도 잊을 수가 없다. 내려다보이는 풍경이 아닌, 온갖 풀빛 작물들과 나란한 눈높이의 그 고즈넉한 풍경.

아쉽게도 우리는 그 집과 연이 닿지 못했다. 많은 시골집이 그러하듯 무허가 건물인 게 가장 큰 이유였다. 구들장과 아궁이가 있던 바깥채도 마음에는 들었지만 수리를 할 엄두가 나지 않았다. 그 나지막한 풍경이 아쉬워 집 주변을 계속 서성거리는데, 때마침 그때 밭에서 돌아오던 동네 사람들과 마주치게 되었다. 그분들은, 어디서 왔느냐, 여긴 어쩌다 왔느냐, 젊은 사람들이 여기 같은 촌구석에 와서 뭘 할 거냐, 호기심 가득 찬 얼굴로 물어보셨다. "농사지으려고 합니다." 나는 되돌아올 말들이 뻔히 예상되어서 조금은 쑥스럽게 말했다. 그런데 그분들은 다들 환히 웃으며 "농사? 그래, 여기서 농사짓고 살면 되지. 땅이 없어도 동네 사람들에게 빌려서 지으면 되지. 작년에 쪽파 값이 참 좋았다. 먹고살 수 있다." 이런 말을 하고는 터벅터벅 갈 길을 갔다. 우리는 물론 그 '나지막한' 집으로 오지는 못했지만, 그 인연으로 그 집과 가까운 이웃 마을에 살게 되었다. 그날 그들과의 만남이 가장 큰 계기가 된 것이다.

우리가 이사를 온 2월, 마을은 한창 월동채소 수확으로 바쁜 농번기를 맞고 있었다. 겨울 쪽파를 수확하는 계절이 오면 새벽부터 밤늦게까지 쉬익, 쉬익, 하며 흙을 털어내는 바람 소리가 온 동네를 울린다. 우린 떡을 맞춰서 한 집, 한 집 나눠드렸고 떡을 받은 어르신들은 브로콜리며 쪽파며 농작물을 잔뜩 품에 도로 되안겨주셨다. 그때마다 우린 늘 똑같은 질문(어디서 왔냐, 뭐 하다 왔냐, 뭘 할 거냐, 애는 있냐 등등)을 들었고, 우리도 거의 똑같은 말을 매번 반복했다. "농사일을 하고 싶어서요." 차마 '땅을 빌려주실 분이 계신지'까지는 물어보지 못하고, 나는 그렇게만 짧게 말했다. 그런데 이웃들은 한결같이 대견해하며 진심으로 우리를 응원해주었다. 농부들의 반응은 늘 그랬다.

어떻게 시작할 것인가. 나는 아는 것도 없고 땅도 없고 경험도 없었다. 이 세 가지가 모두 높다란 진입장벽이었지만 우선 교육을 받는 것이 그나마 당장 할 수 있는 일이었다. 나는 기술원

에 백 시간의 교육을 신청했다. 한 번이라도 빠지면 안 되는, 꽤 빡빡한 과정이었다. 그런데 교육장에서 운 좋게도 같은 또래의 동네 사람들을 만날 수 있었다. 점심시간 전 짧은 휴식 시간에 함께 커피를 마시던 중, 그들은 오후에 양배추 일을 하러 갈 거라고 나에게 말했다. 나는 "나도 어떻게 좀 일을 시켜줄 수 없겠냐"라고 졸랐고 그중 한 명이 어딘가에 전화를 걸더니, 같이 가도 된다는 허락을 받았다며 나를 무리에 끼워주었다.

그렇게 하게 된 내 인생 첫 농사일은, 양배추를 포장하는 일이었다. 저장 창고에 산더미처럼 쌓인 양배추를 꺼내서 종이 상자에 담아 출하하는 일이다. 반나절의 일이었지만 나는 첫날부터 과분하게 일당도 받았고 심지어 내일도 일을 하러 오라는 허락까지 받고는 마냥 신이 나서 집으로 돌아왔다. 그리고 그때부터 그 세 명의 또래 친구들과 한 팀으로 어울려 이 작목, 저 작목 가리지 않고 밭일을 하러 다녔다.

일이 이렇게 되다 보니 책상에 앉아 받는 교육은 점점 큰 의미가 없어졌다. 나는 전형적인 '문제 학생'이 되어 교육 시간 동안 졸거나 공상을 하기도 하고, 가끔은 몰래 일을 하러 밭으로 가기도 했다. 변변찮은 일솜씨라 더 열심히 해야만 했다. 양배추, 키위, 양파, 마늘, 호박, 수박, 비닐 멀칭 걷기, 쪽파 종구 다듬기, 돌담 쌓기, 비닐하우스 수선하기, 제초제 뿌리기, 방풍 펜스 치기, 순지르기, 키위 유인선 묶기, 묘목 심기 등등… 시키는 대로, 부르는 대로, 닥치는 대로 일을 했다. 또 그러지 않을 수도 없었다. 시골이란 늘 일손이 모자란 곳이고 서툰 초보에게 어엿한 일당을 주는 분들이 고마워서라도 부르면 재깍재깍 나갔다. 거절하는 건 도리가 아니었다. 하다못해 술자리나 집들이 같은 번외 시간까지도.

그러던 중, 친구 하나가 제안을 했다. '농사 공동체'를 만들자는 것이었다. 우리 네 명이 마을의 '농사 꿈나무'로 소문이 났으니, 다른 사람을 돕는 일당 일을 줄이고 우리만의 농사를 해보자는 것이었다. 우린 계획을 세웠다. 총 몇 평의 땅이 모였는가, 무얼 할 것인가, 어떻게 농사를 지을 것인가. 따져보니 그 친구가 몇 해 동안 열심히 일을 해온 덕에 지금까지 이웃들이 그에게 빌려준 땅만 해도 2천 평은 되는 듯했다. 작목은, 나 같은 초보가 고를 문제는 아니었지만, 나는 막연하게나마 '콜라비'를 심고 싶다고 했다. 이유는 무척 단순했다. 이듬해 예정된 앨범과 함께 묶어서 팔려면 쉽게 무르지 않는 콜라비가 좋을 것 같았기 때문이다. 지금 생각하면 웃음밖에 안 나오지만 그때는 매우 진지한 고민 끝에 내린 결론이었다. 아쉽게도 인기가 많아진 콜라비 종자는 이미 그 전해에 모두 마감이 되었기에, 당장 수급이 가능한 종자를 알아보고 우선은 밭 정리를 하기로 했다. 8월에 맞춰 정식(묘종 심기)을 하려면 그간 방치된 밭을 먼저 정리해야 했기 때문이다. 하지를 갓 지난 뜨거운 초여름이었다.

우리만의 농사일을 하기로 마음을 먹었다지만 끊임없이 일손을 원하는 사람들이 있었기에, 우리는 순번을 정해서 일당 '출장'을 나갔다. 도움을 주는 분들의 요청을 거절할 수도 없고 당장 하루하루의 일당을 버는 일도 중요했다. 하지만 그 때문에 정작 우리의 일은 좀처럼 진도가 나가지 않았다. 게다가 경험도 없고 가진 것도 모자란 신출내기들이라 받아야 할 도움의 양과 종류가 너무나 많았다. 우린 묘종을 키울 육묘장도 없었고, 트랙터도, 저장 창고도 없었다. 그러니 주변 사람들과 '기브 앤 테이크'를 하지 않을 수도 없었다. 오히려 일은 두 배, 세 배로 늘어만 갔다. '우리의 것'을 하자던 처음의 각오와 약속이 지켜질 수가 없는 상황이었다.

우리의 농사를 하면서, 처음에 나는 각자의 생각이 다른 것이 큰 문제가 될 거라고 생각하지 않았다. 하지만 시간이 갈수록 보이지 않던 틈은 커져만 갔다. 이를테면 처음부터 친환경 농법을 고집할 수는 없다는 친구의 입장은 나의 생각과 큰 차이가 있었다. 친구의 말은 물론 일리가 있었는데, 어쩌면 나는 밭농사 그 자체에 대한 의문이 있었던 건지도 모르겠다. 내 땅이 아닌 밭을 빌려 관행적으로 작물을 키우다 보면 갈수록 더 많은 물음표를 마주하게 될 것이 분명했다. 둔감하자면 얼마든지 둔감할 수 있겠지만, '이게 아닌데'라고 생각하면 내키지 않는 일이 끝없이 생길 수 있겠다 싶었다. 비료나 농약도, 토양살충제도, 제초제도 그랬다. 여름 쪽파 일을 시작하기는 했지만, 쪽파는 특히 여름에는 친환경 농법으로는 재배하기가 거의 불가능한 작목 같아 보였다.

농사를 짓는 사람이 백 명이라면, 백 명 모두 다른 농사를 짓고 있을는지 모른다. 같은 관행 농법이라 해도, 혹은 친환경 농법이라 해도 모두 방식이 다르다. 오래 농사를 지어온 사람일수록 옳다고 믿는 방법의 뿌리는 더 깊다. 농사는 빨리 결과를 볼 수 있는 일이 아니다. 이것저것을 실험해보기에는 치러야 할 대가가 너무

나 크기 때문에, 농사는 근본적으로 보수적인 일일 수밖에 없다. 새로운 것보다는 안전한 것. 그것이 미덕이 된다. 한 해 농사는 그 어떤 찰나의 요인으로도 쉬이 망쳐질 수 있다. 그러니, 농부는 필사적으로 '지켜내는' 일에 인이 박인 사람일 수밖에 없고, 그래서 나는 모든 농부들과 그들의 방식을 존중한다. 그리고 그런 만큼 나의 방식을 세우는 것도 중요하다.

농사를 음악에 비유하자면 어떤 음악일까? 처음 농사의 세계에 발을 디딘 이때 나는 줄곧 이 생각을 했다. 누군가는 구수한 트로트를, 누군가는 마음을 누긋하게 해줄 포크나 뉴에이지풍의 음악을 떠올릴까. 누군가는 민요나 컨트리 음악을 떠올리려나. 무더운 여름을 지날 무렵, 나는 엉뚱하게도 내가 하는 지금 이 농사일은 인더스트리얼 록 아니면 EDM 같은 음악에 가깝겠다는 생각을 했다. 그것도 아주 큰 볼륨으로 틀어놓은 음악이었다. 그리고 그 많은 것이 나의 스타일과 정반대 편에 있었다.

나는 친구들에게 잠시 휴식을 갖겠다고 말했다. 그리고 한 달여쯤 지난 어느 날 밤, 아쉽지만 다른 길을 가야겠다고 나는 말해야만 했다. 그때까지 모인 밭이 얼추 5천 평가량 되었을 때였다. 실은 그때 나는 귤 농사를 병행하고 있었다. 어찌어찌 빌린 아주 작은 면적의 과수원이었다. 얼마 후면 택지로 개발될 땅이니 해보고 싶은 대로 해보라며 아는 분께서 떼어준 밭의 일부였다. 규모는 작았지만 적어도 그곳에서만큼은 내가 원하는 일을 할 수 있었다. 밭을 소개해준 분의 뜻이 나와 비슷했기에 가능한 일이었다. 최대한 화학비료를 안 쓰고 풀도 제멋대로 크게 내버려두는 그에게 과수원 농사일을 배우며, 나는 난생처음 '수확'이란 걸 경험해보았다. 실은 나는 나무들을 잘 돌봐주지 못했다. 집에서 차로 40여 분을 가야 하는 먼 거리와, 여름철까지 밭농사에 몰두해야 했던 사정 때문이었다. 그럼에도 그해 가을, 백여 그루의 감귤나무들은 내 생의 가장 맛있는 감귤을 주렁주렁 선물해주었다. 나는 나무에게 미안하고 고마웠다.

그해 11월, 나는 아내와 결혼식을 올렸다. 우리 두 사람은 결혼식 직전까지 감귤을 땄고, 신혼여행을 다녀와서도 계속 수확을 했다. 나무에게 해준 것이 아무것도 없었으니, 첫해의 귤은 무조건 나누었다. 그리고 이듬해에는 더 큰 밭을 빌려서 두 해째 농사를 지었다. 집에서부터 더 멀어진, 한 시간 반이나 떨어진 곳이었지만 그저 좋았다. 그곳에서 우리는 농업 경영체 등록을 했다. 나라가 인정한, 어엿한 농부가 된 것이다. 나는 알게 되었다. 아무리 작고, 아무리 먼 밭에서 일을 해야 한다고 해도, 내가 바라는 대로 짓는 농사보다 더 값질 수는 없다는 것을.

그러고 보니 3년 전, 그 시끌벅적한 음악 같던 농사일을 하던 때, 나는 필사적으로 음악을 만들고 동화를 썼지 싶다. 음악을 시작한 이후, 그렇게 절실하게 무언가를 썼던 적은 없었다. 돌이켜보면 그 '절실함'이란 무언가를 지켜내려는 본능이었지 싶다. 그런데 그 '무언가'는 무엇이었을까.

함께 어울려 농사일을 하던 친구들은 지금은 각기 자신만의 농사를 짓고 있다. 내가 그 '꿈나무들의 모임'에서 빠진 이후 다들 각자의 길을 가기로 한 모양이다. 혼자서만 몇 천 평이 넘는 농사를 짓는 친구도

있다. 나는 그렇게 생각한다. 각자 자신의 취향을 따라 열심히 농사를 짓는 거라고. 물론 나도 그렇다. 지금은 집에서 꽤 가까운 곳에서, 나와 아내가 쏟을 수 있는 만큼의 정성과 우리만의 취향으로 농사를 지으며 산다.

취향이란, 묻지 않으면 헷갈리는 것이다. 실은 나는 아직도 나의 취향을 찾아가는 중이다. 이것을 굳이 '철학'이나 '신념'이라고 말하고 싶진 않다. 그렇게 되는 순간, 원래도 보수적인 농부의 삶이 더 딱딱하게 굳어져버리진 않을까, 두렵다. 그냥 '취향'이란 말, 이 말이 나는 딱 좋다. 나의 취향에 맞춰서 나의 나무들을 돌보는 일. 그게 나의 농사고, 나는 그런 농부로 살아갈 뿐이다.

지난여름 그리고 겨울

지난여름은 무척이나 가물고 더웠다. 그런 여름이 오기 전만 해도 우리는 마냥 들뜬 기분이었다. 두 해의 임차농 신분에서 벗어나 처음으로 우리의 땅에서 농사일을 할 수 있게 되었기 때문이다. 그때만 해도 나는 이 여름이 그렇게 잔혹하리라고는 상상하지 못했다.

3월이 오기 전에 아내와 나는 두 번째 친환경 교육을 받았다. 유용 미생물(EM) 농법을 가르쳐주는 교육인데, 이미 받은 교육이지만 혹여라도 빠트린 것이 있나, 더 새롭게 알게 될 것은 없을까 하는 마음에 다시 신청을 했다. 교육을 담당하는 선생님과 더 친해지려는 속마음도 있었다. 80세를 바라보는 연세의 선생님은 얼핏 보면 평범한 촌로지만 30년도 더 전부터 농약과 화학비료 없는 친환경 농법의 길을 뚜벅뚜벅 걸어오신 분이다. 친환경 농사란 여전히 외로운 길이지만 그 시절에는 더 그랬을 것이다. 나는 선생님의 수업을 들으면서, 수많은 선각자들이 서로 다른 곳 다른 시기에 살아갔지만 결국 하나의 길에서 만난다는 것을 알았다. 일본의 자연농 농부인 후쿠오카 마사노부도, 프랑스의 농부 작가인 피에르 라비도, 그리고 선생님도 모두 같은 것을 깨닫고 실천한 농부들이다. 그 '같은 것'이란, 결국 '믿음'이 아닐까 싶다. 농사는 결코 파괴적인 것이 아니며 우리는 눈에 보이지 않는 그 모든 생명과 '함께' 살아가야 한다는, 그런 믿음 말이다.

우리는 지난해의 농사 달력을 들고 가서 더 보탤 것은 없는지, 빠진 것은 없는지 꼼꼼히 선생님께 물었다. 선생님은 우리가 물어볼 때에서야 비로소 '해야 할 일'들을 하나둘 알려주셨다. 비밀 보따리 속에서 알사탕을 하나씩 꺼내는 할아버지처럼, 선생님은 우리가 보채면 그제야 슬쩍슬쩍 알찬 팁을 꺼내주셨다. 땅의 인산 성분을 보충해줄 골분은 언제 뿌려야 하는지, 미네랄을 보충해줄 천일염은 얼마나 어떻게 뿌리는지, 물어보면 그제야 기다렸다는 듯이 말씀을 해주셨는데, 그게 전형적인 농부의 방식이려나 싶기도 하다. 엄마에게 찌개나 조림의 레시피를 물어볼 때 되돌아오는, 정교하지 않은 '비법'처럼 선생님은 아주 중요한 것들을 대수롭지 않게 툭툭 던져주신다.

선생님은, 보통 3월에 뿌리는 봄 비료를 4월에 뿌리라고 말씀하셨다. 심지어 '생략해도 된다'라는 얘기와 함께. 나무는 겨우내 뿌리에 저장해둔 양분을 이용할 것이니 봄 비료는 건너뛰어도 된다는 말씀이었다. 질소 성분이 과한 것이 반드시 좋은 것만은 아닐 테고 그 말도 일리가 있겠다 싶어서, 나는 봄에 받아둔 비료를 그대로 모셔두었다가 여름에서야 여름 몫으로 뿌렸다. 그런데 그게 문제였다.

농부가 나무에게 양분을 주는 방법은 크게 두 가지이다. 하나는 뿌리로 주는 것, 또 하나는 잎으로 주는 것이다. 뿌리로 양분을 주는 건, 사람이 밥을 먹는 일과 같다. 잎으로 주는 건 사람에게 링거를 놓는 것과 비슷하다. 잎으로 양분을 주는 것(엽면시비)이 빠르긴 한데, 너무 자주 하면 뿌리의 기능이 약해진다. 무엇보다 자연스러운 방식이 아니다. 결국 나무는 대부분의 양분을 흙에서 뿌리로 흡수한다. 손이 없는 나무는 양분을 빗물에 녹여 먹어야 하는데 비가 오지 않으면 밥을 먹기가 무척 어렵다. 시간당 1밀리미터의 비가 내린다는 것이 우리 입장에서는 오는 듯 마는 듯한 보슬비에 불과하지만, 300평의 작은 밭에 1밀리미터의 비만 내려도 2리터짜리 삼다수 500여 개만큼 많은 양이 된다. 그러니 농부의 입장에서는 비가 얼마나 대단한 보물이겠는가. 사람의 능력과는 아예 스케일부터 다른, 하늘의 선물인 것이다.

그런데 여름이 오고, 비 소식이 끊겨버렸다. 비가 내려주어야 나무들이 비료를 먹든, 말든 할 텐데, 당최 비가 내릴 기미가 없었다. 그러니 500킬로그램 가깝게 뿌린 골분도, 비료도 아무 소용이 없었다. 여름이 절정으로 향할수록 나무들은 더 지쳐만 갔다. 급한 대로 물을 받아서 분무기를 돌리고 관수(땅에 직접 물을 주는 것)를 해주려 했지만 어림도 없었다. 관수를 하려면 적어도 한 그루당 40리터의 물을 주어야 하는데, 그건 내 능력으로는 불가능한 양이었다. 몇만 리터의 물을 담아둘 곳도 없고 뿌려줄 설비도 없으니 말이다. 선생님께 여쭤보아도 별다른 수가 없었다. 그런데 아무리 그렇다 해도 나무들의 영양 상태가 너무 좋지 않았다.

이유가 뭘까.

하나 짚이는 것이 있었다. 이전 밭 주인이 가을에 비료를 주지 않은 게 아닐까. 우리에게 과수원을 팔기로 마음먹은 이후에 굳이 돈을 들여서 비료를 더 주지 않았을 수도 있겠구나, 하는 생각이 들었다. 가슴이 철렁 내려앉았다. 그렇다면 나무들은 거의 세 계절을 넘게 굶은 셈이다. 아쉬운 대로 엽면시비라도 해주려는데 이번에는 분무기와 호스가 말썽을 부렸다. 걸핏하면 고장이 나거나 바퀴가 빠지고 호스가 새서 하루치 일을 날려먹기가 일쑤였다. 마음은 급한데, 기계가 고장이 나면 그날은 고스란히 공치는 셈이 된다. 게다가 2~3일 안에 수리가 안 되면 애써 만들어놓은 액비를 모두 버려야 했다. 유기농 액비는 푹푹 찌는 더위에 반나절도 버티기 어렵다.

더위와 가뭄을 이기지 못한 열매들은 노랗게 타들어가거나(일소) 석류처럼 쩍쩍 갈라졌다(열과). 그렇게 상한 열매들이 많아질수록 나무들이 아우성치는 목소리도 점점 더 크게 들리는 것 같았다. 하지만 내가 할 수 있는 거라곤 타들어가고 갈라진 열매를 솎아주는 것뿐. 의사도 약도 없는 오지에서, 열이 펄펄 나는 아이의 이마를 물수건으로 겨우겨우 닦아주는 그런 무력한 마음이었다.

그렇게 야속한 여름이 가고 가을이 왔다. 그런데 이번에는 태풍 차바가 들이닥쳤다. 며칠 동안 꼼짝도 못하고 있던 나는 태풍이 물러가자마자 과수원으로 달려갔다. 그런데 무참히 땅에 널브러진 레몬 순들이 나를 기다리고 있었다. 아직 자리를 다 잡지 못한 순들이 거센 비바람에 그만 뽑혀버린 것이었다. 레몬 가지가 자라고 잎을 펼치는 모습을 두근대는 마음으로 지켜보던 나는 내 살이 찢어진 것처럼 아팠다. 가지가 잘리고 접목한 순을 잃은 나무들이 토르소처럼 우두커니 서서 나를 바라보는 듯했다. 부러진 순에서는 여전히 새콤한 향내가 풍겼다. 나는 더 서글퍼졌다.

그러고 보면 시련은 지난겨울부터 시작된 건지도 모르겠다. 힘이 모자라 말라 죽은 나무들도 있을 만큼 유난히 춥고 눈도 많은 겨울이었다. 하지만 나는 그 겨울을 지나며, 많이 다치고 상한 감귤나무들이 어떻게 되살아나는지를 본 적이 있다.

우리가 자주 산책을 가는 숲길 입구엔 작은 카페가 하나 있다. 그곳에서 키우는 감귤나무 몇 그루는 심하게 얼어서, 나는 저러다 나무가 죽겠는데, 하면서 늘 안쓰러운 마음으로 나무를 지나치곤 했었다. 그런데 나무의 생명력은 놀라웠다. 봄이 오고 누렇게 말라가던 잎과 가지가 짙푸르게 되살아나는 모습을 보면서, 마음속으로 얼마나 박수를 치고 응원을 했는지 모른다. 힘내! 너무나 대견하다! 느리지만 강한 나무의 힘을 그렇게 보았기에 나는 그저 우리 나무들을 믿고 지켜보는 수밖에 없었다. 열심히 열매를 솎고, 잔가지를 쳐주고, 가을 전정(剪定)을 하고, 비료를 더 듬뿍 뿌려주고, 칼슘 제제도 만들어 뿌리고, 그렇게 10월 말까지 일을 마쳤다.

극조생감귤은 10월 말이면 익기 시작하지만 우리 밭의 나무는 모두 조생감귤나무이다. 게다가 이곳의 테루아(Terroir)가 그런 건지 다른 곳보다 생육 시점이 조금 더 늦은 감도 있다. 그래서 우리에게 11월은, 나무에게 더 해줄 것도 없고 무사히 귤이 잘 익기만을 기다리는, 그야말로 오롯한 '기다림'의 달이다. 그리고 12월이 찾아왔다.

우리 나무들은 세상 어느 귤보다 붉고 예쁜 귤을 키워냈다. 친환경 농법으로 키운 귤이라곤 믿겨지지 않을 만큼 매끈한 모양새였다. 특이하게도 마치 오렌지처럼 동근 모양에다가, 감귤과 다른 만감류(천혜향이나 레드향 같은)가 섞인 것처럼 맛이 짙었다. 이게 대체 무슨 품종이냐고 묻는 사람도 있었고, 정말 유기농으로 키운 게 맞느냐, 유기농 귤이 이렇게 예쁠 수가 없는데, 하며 괜히 놀리는 사람도 있었다. 그렇게 1월까지 거둔 귤의 양은 대략 7톤. 화학비료 한 번 주지 않고, 일반적인 관행 농법으로 키운

귤에 버금가는 양을 거둔 것이었다. 나는 나무들에게 한 번 더 고마웠다.

그 많은 귤은 전국 곳곳으로 갔다. 우리 귤을 받아본 사람들은 모두가 한결같이 기뻐했다. 나는 이것이 마법 같다. 하지만 나는 마법사가 아니다. 곁에서 마법사를 도와주는 보조 역, 그 정도가 아닐까 싶다. 그런 마법사 나무들과 함께 살아가고 있고, 그들에게 티끌만 한 도움이라도 줄 수 있는 것이 나는 기쁘다. 그래서 누군가 "농부가 무엇이냐?"라고 묻는다면 나는 이렇게 대답할 것이다. 농부는 돌보는 사람입니다. 무엇도 거스르지 않고, 돌보고, 결실을 되돌리는 사람. 그게 농부입니다.

겨울이 지나고, 다시 봄이 왔다. 겨울 동안 나무는 잠을 잔다. 나무가 긴 잠을 자는 것은 다음 해를 위해 몸을 추스르는 것과 같다. 사람도 하루 일과를 마치고 푹 자야 다음 날 활기차게 살 수 있듯이, 나무도 잠을 잘 자야 한다. 그래서 겨울은 적당히 추운 게 좋다. 사람의 잠자리와 마찬가지라, 나무도 너무 추우면 몸이 힘들고 너무 더우면 잠을 깊이 자지 못한다. 이번 겨울은 따뜻했다. 나는 왠지 나무들이 충분히 잠을 자지 못한 게 아닌가 걱정이 든다. 모두 게슴츠레 잠에서 깨서 봄을 맞는 건 아닌가 걱정스럽다.

봄이 오면 가장 먼저 할 일이 바로 관수 시설을 설치하는 일이었다. 나무 아래로 호스를 깔고, 호스의 구멍으로 물과 액비를 공급해주는 점적 관수 시설만 있으면 웬만큼 가문 날도 잘 이겨낼 거라고 생각했다. 그리고 춘분이 오기 전에 공사를 무사히 마쳤다. 무려 2킬로미터가 넘는 길이의 호스를 두 줄씩 깔아 나무 하나하나를 모두 지나가도록 해두었다. 물을 틀면 물을 줄 수도 있고, 액비를 희석해 펌프로 액비를 줄 수도 있다. 공사가 끝나고 시운전을 하던 날, 나는 과수원의 끝에서 끝을 혼자 뛰어다니며 혹시라도 새거나 물이 나오지 않는 곳은 없는지를 살폈다. 모든 나무들이 웃는 소리가 들리는 것만 같았다. 깔깔깔… 이젠 목이 마르지 않네요, 하면서.

올봄의 비료는 더 듬뿍듬뿍 주었다. 청국장을 넣어 발효시킨 액비와, 생선발효액비도 만 리터가 넘게 관주해주었다. 그러다 보니 3월이 가고 있다. 나무들이 올해엔 또 어떻게 자라줄까. 올여름의 날씨는 어떨까. 올가을에도 태풍이 밀어닥칠까. 겨울은 너무 춥지도 너무 덥지도 않아야 할 텐데. 농부에게 걱정은 언제나 끝이 없다. 벌써 좁쌀만 한 꽃눈과 잎눈이 가지마다 맺혔다. 곧 순이 자라날 테고 이 도우미도 점점 더 바빠지겠지. 다시 또 한 해의 마법이 시작되었음을 나는 알고 있다. 그러니 올해에도 이 마법사들을 힘껏 도와줘야지, 하는 마음이 더 간절해지는 것이다.

한없이 걷고 싶어라 6/18. 2017.

모처럼 단비가 내리는 날에는
바보처럼 비를 맞고 싶어라
반가운 회색빛 하늘 별빛 아래서
나, 끝없이 춤을 추고 싶어라

거칠게 튼 땅의 소능 키로
입 맞추며 스며드는
빗방울의 목소리들,
메마른 사랑은
사랑이 아닌 거라고, 속삭이는
저 빗속을
한없이 걷고 싶어라

뜨겁게 화난 태양마저
달래주며 손을 내민
비구름의 눈동자의
한 방울 눈물로
바다가 되는 거라고, 말해주는
저 빗속을
그대 손잡고
한없이,
한없이 걷고만 싶어라

한없이 걷고 싶어라

모처럼 단비가 내리는 날에는
바보처럼 비를 맞고 싶어라
반가운 회색빛 하늘 벨벳 아래서
나, 끝없이 춤을 추고 싶어라

거칠게 튼 땅의 손등 위로
입 맞추며 스며드는
빗방울의 목소리들,
메마른 사랑은
사랑이 아닌 거라고, 속삭이는
저 빗속을
한없이 걷고 싶어라

뜨겁게 화난 태양마저
달래주며 손을 내민
비구름의 눈동자의
한 방울 눈물로
바다가 되는 거라고, 말해주는
저 빗속을
그대 손잡고
한없이,
한없이 걷고만 싶어라

재료라는 것은

출퇴근을 하는 직업이 아닌 우리 부부는 집에서 밥을 해 먹는 횟수가 많다. 장을 보고 음식을 만들어 먹는 일. 그게 일상의 한가운데에 있다. 아침을 먹고 설거지를 하면 곧 점심때가 되고 점심을 먹고 설거지를 하고 나면 또 저녁때가 된다. '삼시 세끼'라는 말이 정말 깊이 와닿는데, 그러다 보니 메뉴를 정하고 뭘 해 먹을까를 고민하는 것도 일이고 그에 맞춰서 장을 보는 것도 일이다.

최근까지 우리는 거의 모든 식재료를 오일장이나 집 근처 하나로마트에서 샀지만 근래에는 생협에서 친환경 농산물을 산다. 시장에서 사는 것보다 친환경 농산물이 무조건 더 비싸다고(혹은 비쌀 것이라 짐작을 하고) 주저주저했는데 마음을 바꾸기로 한 이유는 이렇다. 우리도 친환경 농가인데, 다른 친환경 농가들과 이렇게라도 연대하는 것이 당연하지 않을까. 그런 생각을 하고 난 후, 우리는 다른 데서 돈을 아끼더라도 생협의 농산물을 사 먹기로 의견을 모았다. 따지고 보니 재래시장은 몰라도 대형 마트와 비교했을 땐 무조건 비싼 것만도 아니라는 것도 알게 되었다.

과일의 가격과 채소의 가격에 대해 생각해본다. 농산물의 가격은 어떻게 정해지는 것일까? 월동채소가 주 수입원인 우리 동네는 '채소값이 어떻게 되는가'가 해마다 굉장히 중요한 이슈가 된다. 처음 이사를 온 해에는 양배추값이 폭락해서 밭에 내버려진 양배추를 보는 일이 흔하고 흔했다. 그렇게 '격리'된 양배추에서 꽃대가 올라오고 노란 양배추꽃만 하늘거리던 검은 흙밭은 볼수록 마음이 아팠다. 그런데 그 '깞(이렇게 부른다)'이란 게 해마다 들쑥날쑥하기도 하고 작목마다 좋았다가 나빴다가 하는 것이라, 이듬해 심을 작목을 정하는 일이 보통 어려운 일이 아니다. 그리고 그 '깞'이 정해지는 데에는 너무도 많은 요인들이 작용한다. 예측하기도 기대하기도 쉬운 일이 아니다.

우리 동네엔 아주 젊은 해녀들이 산다. 그중 한 명은 내 친구의 아내인데, 알고 보니 내 아내의 초등학교와 중학교 선배였다. 우연치곤 참으로 기가 막힌 인연이다. 그 부부는 우리보다 2년 먼저 이 마을에 자리를 잡았다. 그녀는 해녀가 된 지 얼마 되지는 않았는데 미역 철이 되면 미역을, 톳 철이 되면 톳을, 소라 철이 되면 싱싱한 참소라를 가져다준다. 물이 따뜻해지고 성게 철이 되면 우리는 그녀에게 성게를 사서 가족에게 보낸다. 친구가 해녀가 되었다는 사실도 신기하지만, 우리 집 앞바다에서 자란 해산물을 이렇게 쉽게 얻어먹는다는 게 미안하고도 그렇게 뿌듯할 수가 없다.

바다에서 갓 가져온 해산물은 어떤 것이든 그 자체로 완성품이다. 아무것도 더할 필요도 없고 그래서도 안 된다. 그냥 그것만 먹어도 충분하다. 미역도 그렇다. 미역귀를 씹을 때 입안 가득 퍼지는 바다 향은, 내 마음을 순간 이동시켜서, 어린 시절 내가 살던 바닷가로 보내준다. 미역을 한가득 받으면 사람들과 나누고 나눠도 양이 넘쳐서 나눠 담아 냉동실에 보관을 해둔다. 그러다가 하나씩 꺼내서 생으로도 먹고 국도 끓인다. 정말이지 한참을 먹고 먹을 수 있다. 그런데 그 맛있고 귀한 미역의 도매가가 1킬로그램에 천 원이란다. 10킬로그램에 천 원…. 요즘엔 아이들도 다 쓰는 스마트폰이 한 대에 백만 원 가까이 되지 않을까. 실은 다른 농산물들의 상황도 별반 다르지 않다. 내가 키우고 파는 귤도 그렇다. 너무도 싸다. 너무나.

지금의 집으로 이사를 오고 나서 친구들에게 받은 첫 선물은 '칼'이었다. 집으로 놀러 온 대학 동창 두 녀석은 나와 오일장에 같이 가서는

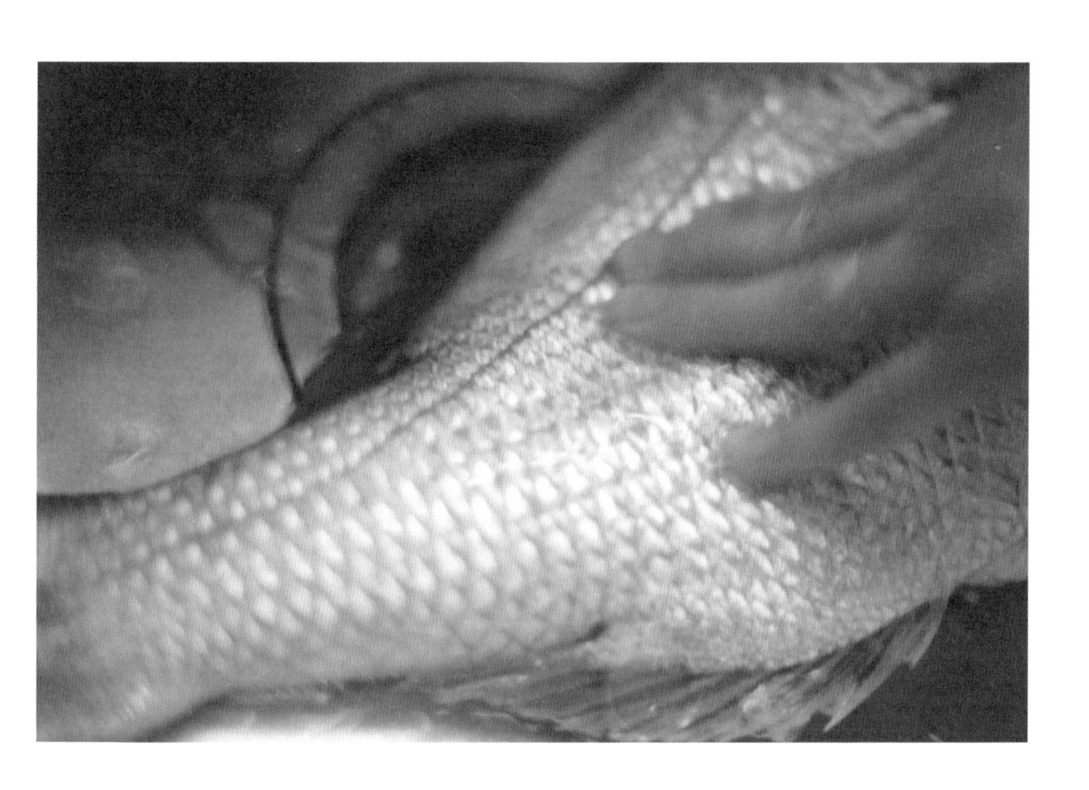

조금 긴 칼 하나 그리고 짧고 굵직한 칼 하나를 사주고 갔다. 하고많은 아이템 중에 내가 굳이 칼을 원했던 이유는 직접 요리를 하기 위해서였다. 아내와 내가 가장 좋아하는 요리는 생선회이다. 바닷가에 살게 되었으니 횟집에 가서 회를 사 먹는 대신, 직접 회를 만들어 먹자고 마음을 먹은 것이다. 우리는 수족관에 살려놓은 물고기보다 이미 죽은 생선을 횟감으로 사 와서 먹는다. 그게 여러모로 우리의 삶에 더 맞다. 그래서 주로 아침 일찍 시장에 가는데, 구하기 쉽진 않지만 가끔은 아주 좋은 횟감을 활어보다 훨씬 싼 가격에 사올 때가 있다(10만 원, 15만 원은 할 법한 돌돔을 3만 원에 사온 적도 있다). 특히나 귀한 '육지' 손님이 올 때, 그렇게 회를 마련해주곤 한다. 가끔 나는 도시에서 먹기 힘든 물고기를 발견하고 신이 나서 회를 대접하지만 대부분의 손님들은 그런 데엔 도통 관심이 없다. 도시인들에게는 뭐라도 다 광어, 우럭 같으려나. 쳇…. 하지만 알아주는 이가 없어도 나는 이런 대접이 정말 특별하다고 생각한다.

손님맞이뿐 아니라 우리끼리 기념하고 축하할 일이 있을 때에도 회를 먹는다. 작년 여름, 아내의 생일날에 나는 아내 몰래 횟감을 사러 어시장으로 갔다. 새벽의 어시장에서는 경매가 한창이었는데, 그럴 때에는 괜히 어슬렁거리거나 사진을 찍으면 안 된다. 그냥 조용히 경매가 끝나기를 기다려야 한다. 그리고 경매가 끝나면 생선들이 담긴 나무 상자를 쏜살같이 살펴서 마땅한 횟감이 없나 살핀다. 그날 나는 운이 좋게도 5킬로그램은 됨 직한 좋은 참돔을 찾아내었고, 그 커다랗고 싱싱한 참돔을 사서 의기양양 돌아왔다. 내 기억에 우린 거의 사나흘 내내 참돔을 먹었지 싶다. 한 이틀까지는 회를 먹고, 나머지는 국을 끓이고 조려 먹고 했을 것이다. 그런데 질리지도 않았다.

나는 어떤 요리를 좋아하는가. 사실 딱히 가리는 음식은 없다. 웬만한 향신료나 신기한 식재료에도 거의 거부감이 없다. 그런데 굳이 취향을 하나로 콕 짚어보라고 한다면, 나는 '원래의 맛을 그대로 느낄 수 있는 음식'을 좋아한다.

나물을 무칠 때도 소금물에 아주 살짝만 데친다. 그리고 기름 한 종류를 고르는데, 참기름처럼 맛이 강한 기름은 되도록 피하는 편이고 들기름(그중에도 생으로 짠 생들기름을 더 좋아한다) 아니면 동백기름을 자주 쓴다. 그리고 간을 맞출 때도 좋은 소금 혹은 액젓 아니면 어머니가 담아 보내준 된장. 셋 중 하나만 쓴다. 기름 하나와 간 맞추기용 짭짤이 양념 하나면 충분하다. 깨소금이나 고춧가루는 넣지 않는다. 실은 데치지 않고 생으로 먹는 걸 더 좋아하기도 한다. 방풍이나 세발나물은 그냥 생으로 먹는다.

그래서 회를 좋아하나 보다 싶기도 하다. 생선회만 좋아하는 것이 아니고 육회도 좋아한다. 좋은 쇠고기 육횟감은 구하는 것도 쉽지 않고 또 비싸지만, 이곳에서는 말고기로 육회를 하기도 한다. 그냥 육회를 먹는 것보다 타르타르스테이크를 해 먹을 때가 더 많다. 고기를 잘게 썰어서 집에 있는 채소(양파, 파프리카, 셀러리, 당근 등 뭐라도 좋다)를 작게 다진다. 마당에 바질이 있으면 바질을, 바질이 없으면 민트를 따 와서 채소와 함께 다져 넣는다. 후추, 겨자, 오이 피클을 곁들여 넣고, 케이퍼도 있으면 함께 넣고, 매운맛을 내줄 양념(타바스코나 하리사 소스, 혹은 고추장 약간)과 소금 간을 살짝 하고, 올리브유를 조금 넣고, 주물럭… 주물럭… 무친다. 그리고 원반 모양으로 잘 빚어서 접시 위에 담고 메추리알 노른자를 위에 올리면, 완성. 탄수화물로는 식빵이든 무슨 빵이든 있는 대로 구워서 토스트로 곁들인다. Voilà!

된장국을 끓일 때는 다시마와 멸치면 충분하다. 그리고 된장만 있으면 된다. 물론 내가 이렇게 큰소리를 치는 것은 어머니의 된장 덕이다. 어머니는 수십 년 넘게 알고 지낸 부산 대신동의 메주 업자에게서 메주를 사서, 우리가 보내드리는 콩을 덧넣어 된장을 담그신다. 이곳의 콩은 보통의 메주콩과는 다르게 옅은 완두빛을 띤 푸른빛의 콩이다. 이 콩은 그냥 삶아서 먹어도 달짝지근한 감칠맛이 날 정도로 기가 막히게 맛있다.

이 된장의 맛은 어디에도 비할 데가 없다. 짜지도 않은, 입안을 가득 채우는 궁극의 감칠맛. 구순 가까운 옆집 할머니도 우리 집 된장 맛을 보고는 반한 나머지, 우리만 보면 된장 찬양을 하신다. “다른 반찬 아무것도 필요 어서('없어'의 사투리)”, “수박도 찍어 먹었다, 야”, “괴기 반찬 다 필요 어서” 그러신다. 그러니 아무리 MSG가 마법의 가루라 한들 성에 차겠는가. 그냥 된장 하나면 된다. 그래서 우리는 어머니의 된장으로 요리를 해서 맛을 보고 나면 항상 이렇게 얘기한다. 음… 된장이 다 했어.

최근 우리가 좋아하게 된 요리가 있다. 바로 ‘무국적 파에야’이다. 쌀을 씻어서 체로 물기를 빼내고 올리브유에 볶는다. 그리고 ‘재료’를 잘게 썰어 같이 넣어 볶다가 육수를 넣고 졸인다. 국물이 거의 졸았다 싶으면, 핑크 페퍼와 코리앤더 씨 같은 향신료를 넣고 다시 뚜껑을 덮고 기다린다. 그렇게 한 5분? 10분? 기다리면, 요리는 끝. '재료'란 무엇이든 좋다. 야채만 있어도 좋고 오징어도 조개도 새우도 고기도 다 좋다. 육수는 그 재료를 삶은 물이면 제일 좋겠지만 다시마와 멸치를 삶아서 내면 된다. 정말이지 너무나 간편하고도 맛있는 음식인 데다가 심지어 소화도 잘된다. 게다가 섬유질과 단백질, 탄수화물, 지방 등을 고루고루 먹기에도 좋다. 무엇보다 설거지가 정말 간단해진다!

나는 요리를 할 때마다 매일 실험을 하던 그 시절을 떠올린다. 몇 분 동안 몇 도 시 온도로 가열해서 뭘 첨가하고 잘 흔들어서 거르고, 다시 빻아서 녹이고, 분리해내고…. 마치 요리는 물만 사용하도록 허락된 화학 실험 같다. 냉장고에 붙여놓은 쿠키 모양 스톱워치가 삐리리리 울릴 때면 더 그런 생각이 든다. 가스레인지 위에서 우우웅 하며 돌아가는 후드 소리가 들려도 그렇다. 아, 그러고 보니 내가 요리를 좋아하는 게 아니라 실험을 좋아하는 건가. 다만 차이가 있다면 유일한 분석 장비가 나와 아내의 혀 두 개뿐이라는 것뿐.

요리를 하다 보면 항상 느끼는 것이 있다. '재료'만큼 중요한 게 없다는 것. 그리고 재료가 좋으면 많은 것을 할 필요가 없다는 것. 거꾸로 말하면, 재료가 신통치 않으면 많은 것을 해야만 한다는 것. 그런 면에서 나는 요리를 하는 것이 노래를 만드는 것과도 참 비슷하구나 생각한다. 가사가 좋고 멜로디가 좋으면, 누가 불러도 노래는 좋다. 편곡도 반주도 그렇게 만들어진 노래를 뒷받침할 뿐이다. 곡을 쓸 때마다 나는 이런 생각을 한다. 가사 한 장과 악보 한 장. 이 두 재료를 가장 신선하게 준비해야지. 그리고 있는 그대로 정성껏 요리하는 거다. 필요한 만큼의 반주 양념과 악기 소스를 뿌리고 재료의 맛을 가리지 않도록 요리를 하고 '목소리'의 접시에 잘 담아내는 게 나의 일이구나, 하고 생각을 하게 된다.

Organic

대구와 피조개

나는 시장에 가는 것을 좋아한다. 아내의 취향도 나와 같아서 우리는 여행을 가면 시장 구경을 늘 우선순위에 둔다. 재래시장도 좋고 슈퍼마켓이나 마트도 좋다. 어떤 시장이든 그 나라만의 물건이 있기 마련이니까 그것만으로도 충분히 볼거리, 얘깃거리가 된다. 농사를 짓기 시작하면서 우리는 아무래도 채소나 과일 등 농산품을 더 관심 있게 보게 되었고, 그중에서도 'Organic'이란 딱지가 붙은 코너가 있으면 더 유심히 보게 된다. 생선 요리를 좋아하는 터라 어시장만큼 우리를 들뜨게 하는 곳도 없다. 시모노세키의 카라토(唐戶) 시장 풍경은 그야말로 신선한 충격이었는데, 사람들은 이른 아침부터 시장에 와서 회나 스시를 먹고 있는 것이었다. 실은 나보다 아내가 더 충격을 받았을지도 모르겠다. 서울에서 나고 자란 아내에게 '아침 생선회'는 쇼킹한 아이템이 아니었을까? 그럼 나는? 물론 나에게 아침 생선회는 그리 생소한 것이 아니다.

나는 초등학교 1학년 때부터 부산에서 자랐다. 어릴 적 내가 살던 동네는 바닷가를 끼고 있었기에 싱싱한 수산물을 사서 먹기가 쉬웠다. 일요일 아침에는 해수욕장까지 고깃배가 들어왔는데, 배가 닿으면 바닷가 산책을 하던 사람들이며 찬거리를 사려는 사람들이 와글와글 몰려들었다. 정확히 어떤 생선을 팔았는지는 잘 기억이 나지 않지만 그리 대단한 고급 생선류는 아니었을 테고, 연안에서 잡히는 작은 고기들이 아니었을까 싶다.

바닷가 마을에는 고기를 잡는 어부들과 해녀들이 모여 살았고, 지금은 상상도 안 되겠지만 해수욕장의 모래사장에도 어부들이 늘어놓은 그물과 작은 고깃배들이 항상 있었다. 그래서 여름이면 비린내와 고릿한 생선 냄새가 온 바닷가에 가득했다. 그런 바닷가에 살았던 어린 시절, 나는 축구공을 들고 혼자 바닷가에 나가서 공을 차며 놀았는데, 그물코에 신발 앞부리가 걸려 넘어지곤 해서 항상 조심조심 그물 위를 뛰어다니던 기억이 난다.

바닷가의 상설 시장에도 싸고 싱싱한 해물이 많았다. 우리 부모님은 주로 멍게나 피조개를 사오셨는데 이런 조개류를, 그것도 회로, 아침마다 먹고 자랐으니(물론 어릴 적 나는 왜 어른들이 그런 음식을 먹는지 이해할 수 없었지만), 아침의 생선회 정도야 차라리 우아한 편이라고 해야 할까. 우리 가족은 피조개 회와 붕장어 매운탕을 아침밥으로 먹었다. 매운탕이란 회를 뜨고 남은 대가리와 뼈, 껍질 등을 모아서 끓인 것이었다. 엄마가 상인에게 얻어 온 건지 싸게 산 건지는 모르겠지만 그 잡다한 부속들을 얼큰하게 탕으로 끓여서 다 같이 먹던 것이 내 유년의 일요일 아침 풍경이다.

대학 공부를 하러 고향집을 떠난 뒤, 서울에서 그런 싱싱한 수산물을 먹기란 불가능했다. 게다가 돈도 없는 학생이었으니까. 그래서 방학이 되어 부산의 집에 내려가면, 나는 가끔씩 그런 아침 회와 매운탕을 찾았다. 부모님은 우리가 어릴 적 살았던 곳과는 다른 동네로 이사를 했지만 그곳 역시나 바닷가였다. 그 근방에서 '술뱅이', '쑤기미' 등 구수한 별명으로 불리는 생선을 사오기도 하고 시장에 가서 석화를 한 상자 가득 사서 밥도 반찬도 없이 어머니와 둘이 까먹은 적도 있었다. 그런데 이미 그때에도 어릴 적 먹던 그런 피조개를 보기는 쉽지 않았다. 아주 작은 꼬막은 흔하게 볼 수 있는데 주먹만큼 크고 반으로 가르면 시뻘건 피가 뚝뚝 떨어지던, 그 싱싱하던 피조개는 볼 수가 없었다. 비브리오패혈증이니 노로바이러스니 하는 병이 알려지고 나서 사람들이 다들 피했던 걸까. 그럴지도 모르겠다.

원산지 표시
품명
원산지
농림수산검역검사본부

지금 내가 사는 이곳에는 전국에서 가장 큰 오일장이 열린다. 우리가 처음 오일장에 간 것이 아마 3월 초였을 것이다. 그때 가장 눈에 띈 생선은 장어였다. 거짓말 안 보태고 내 허벅지만 한 장어가 있었던 것이다! 나는 너무나 놀라서 이리 살펴보고 저리 살펴보고 했지만, 분명히 '붕장어'가 맞았다. 다만 그 크기가 너무나 비현실적으로 컸을 뿐. 그리고 그 수많은 물고기들…. 고등어가 산처럼 쌓여 있는 모습하며 장어만큼이나 큰 농어, 민어, 선홍빛 참돔에 갈치, 삼치, 빨간 성대, 가자미, 서대 등등. 그 풍족한 어물전 구경을 하면서 나는 얼마나 황홀했는지 모른다. 육지에선 본 적도 없는 호박돔이나 실꼬리돔 같은 물고기도 있었고, 방어, 부시리, 갈전갱이, 수조기, 백조기, 부세에 심지어 작은 새끼 가다랑어도 있었다.

이곳의 어물전은 여름이 되면 더욱 풍성해진다. 수평선에 별빛 같은 오징어배 불이 켜지고, 집 앞 바다까지 환히 불을 켠 멸치배들이 텅텅거리며 들어오면, '아, 정말 여름이 왔나봐' 하고 생각하게 된다. 멸치배들이 물을 휘~ 젓고 돌아가면 바닷가 모래사장으로 멸치들이 떠밀려오는데 마을 사람들은 양동이를 들고 나가서 멸치를 줍는다. 그래도 역시 여름에 가장 많이 잡히는 물고기는 자리돔이다. 자리 물회를 파는 마을 식당은 여름이면 농부들과 인부들로 꽉 찬다. 초피잎을 듬뿍 넣어서 새콤하게 물회를 해 먹으면 입맛이 금세 되돌아온다. 그만한 여름 음식이 또 없다.

오징어잡이와 한치잡이가 한창 무르익기 전에, 씨알이 작은 오징어가 나오면 우리는 상자째 오징어를 사서 선물을 보내기도 한다. 이때의 작은 오징어는 내장을 뺄 것도 없이 그대로 쪄서 먹을 수 있다. 어머니는 봄부터 "아가. 오징어, 그 오징어가 언제부터 나오노?" 하며 물어보신다.

그 즈음이면 여기 사람들이 '꽃멸'이라 부르는 샛줄멸도 시장에서 볼 수가 있다. 꽃멸은 보통의 '멸'보다 몇 배의 값을 더 쳐준다고 하는데, 꽃멸 떼가 들어오면, 그 소식이 지역신문에 날 정도로 어부들에게는 그야말로 '꽃'처럼 귀한 물고기다. 싱싱한 꽃멸은 사서 그대로 회로 먹는 것이 가장 맛있지만, 보관해두었다가 파스타를 만들어 먹어도 그만이다. 생안초비 파스타라고 해야 할까. 그리고 이곳에서 여름에만 볼 수 있는 생선이 벤자리다. 벤자리는 참 순하고 고운 생김새의, 마치 산솔새처럼 푸르스름한 빛이 도는 예쁜 물고기이다. 종이 포일에 싸서 소금과 올리브 오일만 뿌려서 카르토초(Cartoccio)를 해 먹으면 정말 맛있다.

오일장의 어물전은 각각 나름의 전문 분야(?)가 있다. 어떤 곳에는 조기류가 풍성하게 많고, 어떤 곳에는 장어가 많고, 또 어떤 곳에는 희귀한 물고기가 많고, 어떤 곳에는 횟감으로 쓸 수 있을 신선한 선어가 많고… 이런 식이다. 또 어떤 곳(우리가 애칭 삼아 물고기 백화점이라고 부르는 곳인데)에는 상어부터 문어, 도다리, 서대, 가다랑어까지 온갖 종류의 물고기들이 다양하다. 이런 시장을 둘러보다 보면, 내가 어떤 물고기를 얼마나 사는지와 관계없이 그저 즐거워진다. 과일 시장이나 꽃 시장에서 느낄 수 없는 기쁨이 있다. 그건 도대체 어디서 오는 걸까.

어릴 적, 겨울밤이면 엄마는 베란다에서 명태 몇 마리를 가져와서 칼로 썰어주곤 하셨다. '썰어주었다'기보다 '삐져주었다'는 표현이 더 정확하려나. 반쯤 마른 명태를 칼로 살짝 눌러 '삐져서' 손으로 죽죽 뜯어주면, 방바닥에 옹기종기 앉은 나와 누나는 기다렸다는 듯 하나씩 집어 들고 초고추장에 찍어 먹었더랬다. 더 어렸을 적에는 삼천포에 사시던 외할아버지가 직접 쥐포를 말려서 보내주시곤 했는데 우리는 쥐포를 굽지도 않고 마른 채로 찢어서 초고추장에 찍어 먹었다. 그게 우리 남매의 간식이었다. 엄마는 그럴 때마다 늘 엄마의 어릴 때 이야기를 해주셨다.

엄마가 어렸을 때, 겨울이 오면 외할아버지는 커다란 대구를 늘 빨랫줄에 말려두셨단다. 그리고 밤이 되면, 말린 대구를 하나씩 가져와서 이렇게 칼로 삐져주셨다. 그게 엄마의 어릴 적 겨울 간식이었단다.

엄마가 어릴 적에는 대구가 흔한 생선이었겠지만, 그런 '명태 간식'을 먹던 나의 어린 시절, 이미 대구는 몹시 귀한 생선이 되어 있었다. 그런데 시간이 한참 지난 지금, 대구는 흔해졌지만 명태는 더 이상 우리나라 바다에 살지 않는다.

어머니에게 '대구'는 여전히 가장 특별한 생선이다. 겨울이 되면 어머니는 큰 선물을 해야 할 곳에 가장 크고 싱싱한 대구를 골라 보낸다. 처음에는 내 친구들에게도 그렇게 대구 선물을 하곤 했는데, 큼직한 생물 대구를 받아본 젊은 주부들이 택배 상자를 열자마자 기겁을 했다는 얘기를 듣고 난 뒤, 나는 정말 좋아할 만한 사람에게만 보내자고 얘기를 해야 했다. 하지만 선물이란 게 보내는 사람의 마음인지라, 대구철만 되면 어머니는 가장 크고 실한 대구 선물을 보낼 생각에 들떠 계신다. 대구가 이제는 다시 흔해진 생선이라 해도 어머니에게는 여전히 가장 귀한 물고기인 것이다.

3월은 아직 추위가 가시지 않은 봄이다. 봄이지만 봄이 아닌, 하늘은 봄이고 바람은 겨울인 그런 계절이다. 올봄 나의 생일날, 어머니가 생일 선물을 보내셨다. 아내는 "어머님이 백합구이 도시락 하나, 피꼬막 무침 도시락 하나를 보내셨어"라며 오두막으로 도시락을 싸 왔다. 그런데 도시락 속의 '피꼬막'은 내가 어렸을 때 먹던 그 '피조개'보다 훨씬 작았다. 기억 속의 피조개는 분명히 더 우람했는데…. 하지만 또 생각을 해보니, 어쩌면 내 기억 속에만 그렇게 남아 있는 것인지도 모르겠다. 내 어린 주먹만 하던 조개가 지금 내 주먹의 반밖에 되지 않는 것은 너무 당연한 일인가. 고추장 양념을 해서 살짝 데친 피꼬막을 한입 가득 넣었다. 봄날의 점심시간, 어머니의 짧은 편지와 함께 찾아온 도시락을 까먹은 나는, 금세 그리운 바닷가를 뛰어다니던 어린아이가 되었다. 그리고 그 겨울밤 나의 어머니도, 어쩌면 그때 어린 시절의 고향 바다와 아빠의 얼굴이 못내 그리워져 당신의 아이들에게 명태를 삐져주었던 건지도 모르겠다.

바다처럼 그렇게 6/19. 2017

어릴 적 내 모습이 너무 궁금하다고
그대는 가끔 나에게 물어보곤 했었지
내가 자란 동네는 시골은 아니지만
긴 갈매기 울음이 들던 바닷가였어

친구가 없던 나는 혼자 공을 들고
나름 해보다 풀숲에서 마냥 뛰어 놀았지
얼도래 울고 있던 조그만 고깃배를
하루에도 몇 번씩이나 뛰어 넘곤 했어

시간은 참 많이도 흘러
난 바다 같은 사람을 또 만나게 됐고,
고향 바다는 아니지만
그런 슴슴한 갯바람 부는
여기 마을에 살고 있어, 나는.

바다처럼 그렇게
바다처럼.
바다처럼 그렇게
바다처럼

사랑해, 언제까지나

저 길은 바다처럼
우리, 사랑할 수 있다면

멀어지는 것들은 많아질 테지
잡을 수 없는 것들이 더 많아졌듯이
이제 다시 또, 어느 곳에서
우리 어떻게 살아가게 될지
아직은 모르지만, 언제나

바다처럼 그렇게
바다처럼
바다처럼 그렇게
바다처럼

사랑해, 언제까지나

저 길도 바다처럼
우리, 사랑할 수 있다면

바다처럼 그렇게

어릴 적 내 모습이 너무 궁금하다고
그대는 가끔 나에게 물어보곤 했었지
내가 자란 동네는 시골은 아니지만
집 앞까지 물이 들던 바닷가였어

친구가 없던 나는 혼자 공을 들고
너른 해변의 품속에서 마냥 뛰어 놀았지
엎드려 울고 있던 조그만 고깃배를
하루에도 몇 번씩이나 뛰어넘곤 했어

시간은 참 많이도 흘러
난 바다 같은 사람을 또 만나게 됐고,
고향 바다는 아니지만
그런 슴슴한 갯바람 부는
여기 마을에 살고 있어, 나는

바다처럼 그렇게
바다처럼
바다처럼 그렇게
바다처럼

사랑해, 언제까지나

저 깊은 바다처럼
우리, 사랑할 수 있다면

멀어지는 것들은 많아질 테지
잡을 수 없는 것들이 더 많아졌듯이
이제 다시 또, 어느 곳에서
우리 어떻게 살아가게 될지
아직은 모르지만, 언제나

바다처럼 그렇게
바다처럼
바다처럼 그렇게
바다처럼

사랑해, 언제까지나

저 깊은 바다처럼
우리, 사랑할 수 있다면

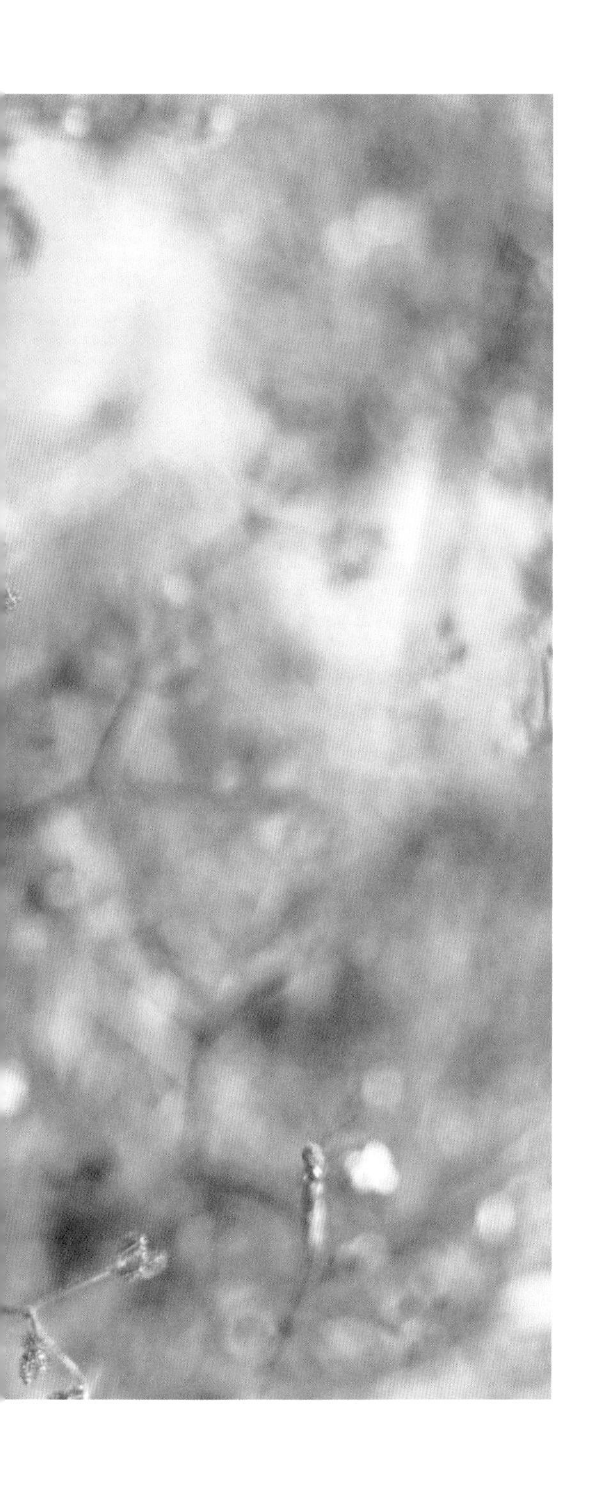

죽이고 싶지 않다

나는 한 달에 한 번꼴로 만 리터가량 액비를 뿌린다. 매번 대략 20리터의 액비를 물에 섞어 뿌리는데, 사용하는 액비통이 천 리터짜리, 그러니까 시골 용어로 50말짜리이니까(흔히 '말통, 말통' 하고 부르는 통이 대략 20리터이다) 열 번 정도를 주는 셈이다. 직접 만드는 액비도 있고, 사서 쓰는 것도 있다. 광합성 세균이나 유산균 같은 미생물류는 기술센터에서 나눠주는 것을 받아다 쓴다. 내가 만드는 액비는 두 가지이다. 하나는 EM이라고 부르는 유용 미생물을 당밀(미생물의 먹이)과 함께 발효시키는 액비인데, 보통은 청국장을 사다가 갈아서 함께 발효시킨다. 사람에게 좋은 것은, 식물에게도 그리고 땅에도 좋을 확률이 높다. '땅에도 좋다'라는 말에는 여러 의미가 있지만, '땅속에 사는 무수한 생물들에게 유익하다'라는 의미가 가장 크다. 다만 식물과 땅속 생물들이 먹기 좋게 잘 만들어주어야 한다. 부패한 것을 주면 안 되고 발효시켜서 주는 게 좋다.

청국장 속의 바실러스 균이 사람에게 좋다는 거야 다들 아는 바이지만, 감귤나무에게도 이 '착한' 균은 대단한 도우미이다. 저들도 균이면서, 나무를 괴롭히는(이런 표현은 좀 미안하긴 한데) '나쁜' 균을 물리치는 천연 항균제 역할을 한다. 보통 200리터의 액비를 만들 때 대략 800그램 정도의 청국장을 함께 넣어 열흘 정도 따땃한 온도에서 끓여주는데, 이렇게 만든 액비를 EM-B(바실러스의 B를 따서)라고 부른다.

또 하나는 칼슘액비다. 감귤나무는 칼슘 식물이라고 부를 만큼 칼슘 성분이 중요하다. 관행농법에서야 복합비료니 칼슘 비료니 선택의 폭이 넓지만, 우리 같은 친환경 농가는 선택할 수 있는 비료가 그리 많지 않다. 우리는 패화석(貝化石)이라 부르는, 구운 굴 껍데기 가루를 현미식초에 녹여서 유기 칼슘 형태의 액비를 만든다. 실은, 선생님께서 가르쳐주신 방법을 시도해보다가 실패한 끝에 만든 나만의 업그레이드 버전이다. 다른 건 몰라도 화학방정식 계산은 잘하는 편이라 새로운 레시피를 직접 만든 것이다. 구연산이나 목초액 등으로 만드는 것보다 더 짙은 농도의 칼슘액비를 만들 수 있다. 흡수가 더 쉬운 유기성 칼슘액비다.

말은 거창하게 했지만 방법은 간단하다. 10리터의 식초를(큰 통이어야 한다. 넘칠 수 있으니까) 통에 붓고, 저으면서 1킬로그램의 패화석을 아주 조금씩 넣는다. 패화석은 식초와 만나면 격렬하게 반응하며 이산화탄소 거품이 부글부글

올라올 것이다. 천천히, 아주 천천히 해야 한다. 시간을 두고 이 용액을 숙성시키면 식초 냄새는 말끔히 사라지고, 검고 갯 내음이 물씬 나는 칼슘아세테이트($Ca^{2+}(CH_3COO^-)_2$) 용액이 만들어진다. 이 용액을 체에 걸러서 빗물이 들어가지 않게 잘 보관해두었다가 여름부터 엽면시비에 사용하면 된다.

며칠 전, 관수 시설을 단 이후 처음으로 과수원에서 액비를 주고 있었다. 펌프는 잘 작동하는지, 시간은 얼마나 걸리는지, 새는 데는 없는지 모든 게 걱정 반 기대 반이었다. 펌프를 돌리자 구수한 진갈색 액비가 검은색 점적 호스를 타고 흘러나가고, 호스의 구멍으로 똑, 똑, 똑 액비가 떨어졌다. 세탁기가 처음 나왔을 때 주부들의 마음이 이랬을까. 전기밥솥이 발명되었을 때 주부들이 이랬으려나. 그렇게 가슴 졸였던 작년의 메마른 여름을 생각하니, 기술이란 게 좋긴 좋구먼, 하면서 마냥 흐뭇한 마음이었다. 그런데 그때, 50미터 앞 돌담을 훽 넘어 밭으로 후다닥 들어오는 장끼 한 마리가 보였다. 엉금엉금 특유의 걸음걸이를 하고, 장끼는 룰루랄라 귤나무 사이로 사라지는 것이었다.

이곳에 오기 전까지 '꿩'이 왜 '꿩'인지, 나는 알지 못했다. 봄철이 되고 새들이 사랑을 나누는 시즌이 되면 장끼는 까투리를 위해 꿩, 꿩 하며 목청껏 노래를 한다. 장끼 입장에서는 최대한 섹시하게 부른 노래일지는 몰라도, 그들의 예술 감각을 알아줄 안목이 없는 인간 농부에겐 그저 귀엽게만 들린다. 꿩, 꿩… 나를 선택해주세요. 꿩… 꿩…. 그 한 음절 속에 얼마나 애타는 장끼의 심정이 들어 있을까.

작년 봄. 우리 과수원에도 꿩이 둥지를 틀고 아홉 개의 알을 낳았다.

꿩의 알은 그 빛깔이 참으로 오묘하다. 아무리 생각을 해봐도 비유할 만한 색이 떠오르지가 않는데, 베이지색과 옅은 올리브색의 중간쯤 되려나. 크기는 보통 마트에서 파는 달걀보다는 훨씬 작고 오일장에서 파는 토종 유정란보다는 조금 더 작다. 아홉 개의 꿩 알을 처음 발견한 날, 나와 아내는 뛸 듯이 기뻐했지만 한편으로는 걱정도 됐다. 누가 훔쳐 갈 수도 있고 들짐승이 먹어치울 수도 있다. 우리 밭에는 뱀도 사니까. 그렇다고 우리가 불침번을 설 수도 없는 노릇이고, 까투리의 입장에서야 나나 동네 고양이나 유혈목이나, 다 똑같은 '나쁜' 놈들 아니겠는가.

꿩은 참으로 대담하게 둥지를 틀어놓았다. 이왕이면 좀 은폐하기도 쉽고 덤불도 우거진 곳에 자리를 잡을 것이지, 이렇게 한눈에 보이는 곳에 둥지를 틀다니. 그것도 수관이 휑한 레몬나무 옆에 말이야. 중얼중얼대던 어느 날, 나는 알을 품고 있는 까투리와 정면으로 눈을 마주쳤다. 동물들에게 '마주 본다'는 것이 좋은 시그널이 아니라는 걸 알고 있었기에 나는 얼른 시선을 돌려 다른 곳으로 사라져주었다. '해칠 마음이 없다'는 뜻을 전하고 싶었다.

그 뒤로 둥지 위에는 마른 가지와 잎이 덮였다. 까투리 입장에서는 최선을 다해 '위장'을 하려 한 흔적이 역력했다. 꿩은 자신의 둥지에서 멀리 떨어지지 않고 둥지를 지켜보다가, 포식자가 둥지 근처를 어슬렁거리면 둥지를 떠나버린다는 얘기를 어디선가 들었던 것 같아서, 나는 가까이 가지도 못하고 멀찍이서 바라만 보았다. 사진 한 장 찍는 것도 조심스러웠다.

나는 새를 연구하는 분에게 가서 이 이야기를 했다. 꼭 초등학생이 담임선생님께, 선생님, 선생님, 저 이런 거 저런 거 봤어요, 하며 재잘대듯이, 꿩 알이 부화하려면 얼마나 걸리나요? 주변에 어떤 들짐승들이 알을 먹어버릴까요? 그렇게 물어보았는데, 그의 반응은 시큰둥했다. 그는 대수롭지 않다는 듯 "꿩은 개체 수도 많은데 뭐 좀 먹히고 하면 어때요"라고 말하는 것이었다.

하긴. 나도 달걀을 먹지. 메추리알도 먹는다…. 그건 그렇지만 그저 나는 우리 과수원을 찾아준 꿩의 새끼들이 무사히 태어나면 좋겠다고 바란 것뿐인데. 다음 날, 둥지에는 까투리가 물어다 놓은 나뭇잎과 잔가지가 좀 더 많아진 것도 같았다. 비가 내리기도 하고, 알이 춥지 않게 하려 했을는지도 모르겠다.

그리고 며칠이 지났다. 과수원에 오자마자 까치걸음을 하고 둥지를 찾던 나는 이내 시무룩해졌다. 꿩 알도, 둥지도, 아무 흔적도 없었다. 모두 사라진 것이다. 깃털 하나도 보이지 않았다. 도대체 누구였을까. 옆 밭 할머니가 주워 갔나? 뱀이 먹었을까? 고양이? 들쥐? 족제비? 알 수가 없다. 오늘 아침, 돌담가를 걷는데 푸드덕, 하며 까투리 두어 마리가 날아갔다. 얼마 전에 유채 씨앗을 뿌린 곳이었다. 혹시 올해도 우리 밭 어딘가에 둥지를 틀려나. 혹시라도 그렇다면 이번엔 모두가 끝까지 살아내주면 좋겠는데.

어제는 귤나무 아래에 찔레 덩굴이 자라는 것을 보았다. 찔레는 가시가 지독하게 많은 덩굴성 식물이다. 내버려두면 농부도 귤나무도 너무나 힘들어진다. 찔레에겐 미안하지만 어쩔 수 없이 전정가위로 잘라내었다. 처음 이 밭의 주인이 되었을 때, 나는 마음속으로 이런 소원을 빌었다. '이 땅에서만큼은 그 누구도 이유 없이 죽지 않게 해달라'고. 그러나 먹지 않으면 먹힐 수도 있고, 먼저 공격하지 않으면 공격당하고 마는 현실에서 이곳의 생태계도 예외일 수는 없다. 원하든, 원하지 않든 나란 개체를 기준으로 '나쁜' 놈과 '착한' 놈의 분별이 생긴다. 새순이 올라오면 가장 먼저 달려드는 진딧물의 입장에서는 자신을 보호해주는 개미들은 착한 놈일지 몰라도, 무당벌레나 방제액을 뿌려대는 폴 농부는 아주 나쁜 철천지원수일 것이다. 그러니 지금쯤 찔레 공화국에서는 비밀리에 다들 소식을 전하고 있을지도 모른다. 주의! 주의! 폴 농부가 가위를 들고 다니며 우리를 잘라내려 함! 제일 독한 가시로 사정없이 찔러버릴 것!!

농협이나 기술센터에서는 농약을 '농약'이라 부르지 않고 '작물 보호제'라고 부른다. 농약이란 단어보다는 훨씬 더 우아한 이름이다. 그런데 그 이름을 참 잘 지었구나 싶은 게, 그 약들이 그 많은 '나쁜' 놈들로부터 작물을 보호해주는 게 사실이기도 하니까 말이다. 다만 문제는 '정말 그것뿐인가'인데, 흙 1그램에 1억 마리 넘게 살고 있다는 미생물 공동체는 별달리 '나쁜' 짓을 한 것도 아닌데 작물 보호제를 뒤집어쓰고 억울하게 죽어야 할 것이다.

나무를 돌보는 나는, 나무를 중심으로 밭의 생태계를 볼 수밖에 없는 한계가 있다. 나무에게 해가 되는 것들과는 어쩔 수 없이 싸워야 하고, 그 싸움 끝에는 반드시 누군가의 죽음이 있다. 그 피할 수 없는 죽음과 삶 속에서 내가 할 수 있는 최선이란 도대체 뭘까. 나는 묻고 또 묻는다. 이 세상을 인간이 주름잡기 전에도 무차별적인 파괴가 존재했을까. 빙하기가 오고 대홍수나 지진이 나서 많은 개체들이 죽은 적은 있었을는지 몰라도, 한 개체가 다른 개체들을 철저히 박멸하려 하기도 할까.

나는 벌써부터 또 전쟁을 준비하고 있다. 진딧물과, 잿빛 곰팡이와, 더뎅이병과, 깍지벌레와, 응애, 귤굴 나방과 지독한 싸움을 하며 나무를 지켜내야 한다. 그러니 원치 않더라도 나는 누군가를 죽여야만 한다. 다만 그들에게 '나쁜' 놈이라는 딱지를 붙여놓고 쓸어버리고 싶진 않다. 가능하다면 최대한 다른 생명들에게 피해가 가지 않게, 더 가능하다면 직접 죽이기 전에 천적의 도움을 빌고 싶다. 새순을 갉아먹는 진딧물이 과수원의 모든 순을 먹어치우지만 않는다면. 좀 적당히 해달라고 편지라도 쓸까. 실은 처음 진딧물을 보았던 농사 첫해, 말 그대로 '깨알' 같은 진딧물의 비주얼에 너무도 놀라서 이걸 어떻게 해야 하나 고민하던 때도 있었다. 하지만 무당벌레와 풀잠자리들은 열심히 진딧물을 먹어주었고 나무는 다시 씩씩하게 잘 자라주었지.

사람도 그렇지만 나무도 튼튼한 것이 제일이다. 튼튼하려면 큰 스트레스 없이 사는 게 중요하다. 나무에게 스트레스를 주지 않으려면 어떻게 해야 할까. 겨울철 전구가 주렁주렁 달린 전선에 칭칭 감긴 나무들이 스트레스를 받지 않을 수 있을까. 대낮같이 환한 불빛 아래서 잠도 못 자는 도시의 나무들은 어떨까. 오두막을 지으면서 나는 나무에게 늘 미안했다. 땅을 파다 보니 잔뿌리도 다쳤을 것이고, 몇 달 동안 시끄러운 소리와 사람들의 발걸음에 시달렸을 테니. 그래서 나는 데크에 달려고 사둔 실외등도 아직 달지 못했다. 칠흑같이 캄캄한 이 시골의 밤에서 몇 십 년을 지냈을 나무들에게는 한밤 환한 전구 하나도 스트레스가 되지 않을까 싶다.

아무튼 나의 소망은 여전히 '죽이고 싶지 않다'로 남아 있다. 그리고 그 전에 나와 내 가족부터 건강하게 돌봐야겠고, 여기 이곳에 사는 나무도, 짐승도, 흙 속에 사는 무수한 생명체들도 더 건강하도록 돕고 싶다. 이유 없는 '억울한' 죽음이 없기를. 허망한 듯 들릴지 모를 그런 소망을 나는 또 빌어본다. 그런데 어제 베어낸 귤밭의 찔레 덩굴이 자꾸만 마음에 걸린다. 우리 집 화단에서 고이 자라는 빨간 찔레꽃을 생각하니 마음이 더 그렇다.

부활절　　　　　　4/15. 2017. 부활절 전야.

길고 긴 밤을 넘어
이슬에 젖어 있는 새벽
잠 못 이루고 기대앉은 우리

우리는,
얼마나
먼 길을 가야 할런 몰라도
눈을 감은 그때에
아침이 왔어
우리가 그렇게 기다린 아침이

길었던 겨울
물리친 햇살
바람을 타고 온
봄의 노래 들으며

난 두 눈을 감고
그대와 기도하리니

다시는, 우리 다시는
눈물 흘리지 않도록
이렇게 곱게 잡은 손
영원히 놓지 않도록

부활절

길고 긴 밤을 넘어
이슬에 젖어 있는 새벽
잠 못 이루고 기대앉은 우리

우리는,
얼마나
먼 길을 가야 할진 몰라도
눈을 감은 그대여
아침이 왔어
우리가 그렇게 기다린 아침이

깊었던 겨울
물리친 햇살
바람을 타고 온
봄의 노래 들으며

난 두 눈을 감고
그대와 기도하리니

다시는, 우리 다시는
눈물 흘리지 않도록
이렇게 곱게 잡은 손
영원히 놓지 않도록

꽃이 온다

아기 손처럼 잎눈이 돋아나는 4월이다. 들판은 고사리를 꺾으러 다니는 사람들로 북적이고, 이른 봄까지 월동채소를 거둔 밭은 잠시 쉬며 숨을 고른다. 이제 곧 밭벼나 기장 같은 곡식을 키워낼 차례다. 이맘때면 마을길 어디서나 쪽파를 볼 수 있다. 줄을 지어 쪽파를 말리는 풍경은 처음 본 사람에겐 조금 섬뜩할지도 모르겠다. 마치 머리를 늘어뜨린 작은 외계 생물이 줄줄이 누워 일광욕을 하는 것처럼 보일 테니까. 다음 농사를 위해 쪽파는 이렇게 한 달가량 길바닥에 누워 햇살과 비바람을 맞는다. 그리고 잎줄기가 바삭하게 마르면, 꼬리를 톡 떼고 알뿌리만 모아 담아 서늘한 곳에서 한 번 더 말린다. 4월은 이렇게 쪽파의 종구(여기서는 그냥 '쪽파 씨'라고 한다)를 준비하는 계절이기도 하다.

4월의 숲에 가면 탱자꽃을 볼 수가 있다. 탱자꽃은 귤꽃보다 이르게 핀다. 탱자나무의 가시는 무척 길고 날카롭다. '뾰족 공포증'이 있는 나는 보기만 해도 심장이 덜덜덜 떨릴 만큼 사나운 모양새지만, 꽃이야 영락없는 '꽃'이다. 치자를 닮은 것도 같고 사촌지간인 감귤꽃도 닮았고, 심지어 친척 관계도 아닐 키위꽃을 닮은 것도 같다. 향긋한 향을 내뿜는 고고한 텍스처의 꽃이다.

키위꽃 얘기가 나와서 말인데 처음 농사일을 배우면서 가장 많은 일을 했던 게 키위 하우스 일이었다. 이 과정을 지나야 진정한 농부가 된다고들 하는 '밭에서 똥 누기'를 처음 거행했던 곳도 키위 밭이었다(키위 잎사귀는 넉넉하게 넓다). 순지르기, 유인선 묶기, 묘목 심기, 파라핀 필름 붙이기 같은 자잘한 일이었는데, 그중 단연 가장 힘든 난이도의 일은 '키위꽃 따기'였다. 꽃을 따주는 것을 뜻하는 '적화'는 거의 모든 과실수 농사에서 필수적인 작업이다. 적절하게 꽃을 남겨두어야 나무가 적당히 힘을 비축해두고 열매를 맺을 수 있기 때문에, 꽃이 필 무렵 농부들은 반드시 꽃을 솎아준다. 듣기는 낭만적일지 몰라도, 그 순간을 회상하는 지금도 뒷목이 아린다. 키위는 내 키보다 조금 높은 곳에서 가지를 뻗고 자란다. 하우스 안에 유인선을 일렬로 매어주고 그 끝에 묘목을 심으면 순이 유인선을 감고 자라난다. 희한한 건, 키위의 가지는 오른나사 방향으로만 줄을 감으며 자라기 때문에, 유인선을 반대 방향으로 감으면, 가지는 줄을 홱 밀치고 멋대로 혼자 뻗어버린다. 그렇게 자라난 순에서 꽃이 피는데, 온종일 고개를 뒤로 젖히고 천장만 보며 줄을 따라 계속, 계속 꽃을 따내야 한다. 엄청나게 젠틀한 중노동이다.

농사를 시작하면서 들었던 말 중에 내가 가장 좋아하는 표현이 있다. 바로 '꽃이 온다'라는 말이다. 나의 농사 선생님께서 처음 내게, "꽃이 왔어?"라고 물었던 날. 그 짧은 말의 울림을 나는 잊을 수가 없다. 꽃이 온다. 꽃이 온다…. 그때부터 이 말을 떠올리기만 해도 봄이 기다려진다. 나는 지금 '감귤꽃이 오기'를 기다리는 중이다. 그런데 아쉽게도 올해에는 그렇게 많은 꽃이 오지는 않을 것 같다.

봄이 오면 나무들은 눈을 틔운다. 잎이 되는 잎눈과 꽃이 되는 꽃눈은 각기 다르게 돋아난다. 그런데 올해엔 대부분의 나무들이 잎눈만을 틔웠다. 작년의 모진 날씨에 심한 몸살을 겪으며 너무 많은 열매를 만들어냈기 때문인 듯하다. 다만 레몬 순을 접붙인 감귤나무에는 벌써 하얀 아기 꽃송이가 송글송글 맺혔다. 이건 어떻게 된 일일까. 작년에 우리가 레몬 순으로 영양분을 더 많이 보내기 위해서 남은 가지의 귤을 모두 따주었기 때문이다. 이게 조금 헷갈릴 수도 있겠는데 설명을 하자면 오른쪽 그림과 같다.

그래서 나무들은 아직 힘이 남아 있는 것이고 그 결과 많은 귤꽃이 '온' 것 같다. 하지만 레몬 순이 잘 자랄 때까지 몇 해는 더 귤을 솎아주어야 한다. 꽃을 따다 말려서 에센셜 오일로 만들어볼까? 그래서 공연을 보러 오는 분들에게 한 방울씩이라도 나눠줄 수는 없을까? 귀하게 온 이 꽃들을 그냥 보내기 아쉬운 나는 또 공상을 해본다.

생각해보면 올해는 우리 부부에게 참 특별한 해이다. 한곳에서 두 해 연속으로 농사를 지어본 것이 처음이기 때문이다. 첫해 농사일을 했던 과수원은 아마 지금쯤 나무가 다 잘리고 뽑히고 집들이 들어섰겠지. 작년에 그곳을 우연히 지나쳤을 때, 이미 모든 감귤나무들이 죽어가고 있었다. 가슴이 아팠다. 그다음 해 농사를 지은 곳은 어떻게 되었을까. 모르겠다. 우리 집과 너무나 먼 곳이라 감히 들러볼 생각도 못 하고 있다. 그 밭의 주인이 바뀌면서 우리 같은 임차농은 밭에서 손을 떼야 했는데, 그곳에도 참 많은 추억이 쌓여 있다. 작은 소쿠리 같은 새알 둥지를 찾고서는 숨죽이며 바라보던 일, 옆 밭의 농업용수를 빌려야 했기에 늘 눈치를 보면서 일을 하던 기억, 길가에 줄을 지어 선 동백나무

①
감귤나무

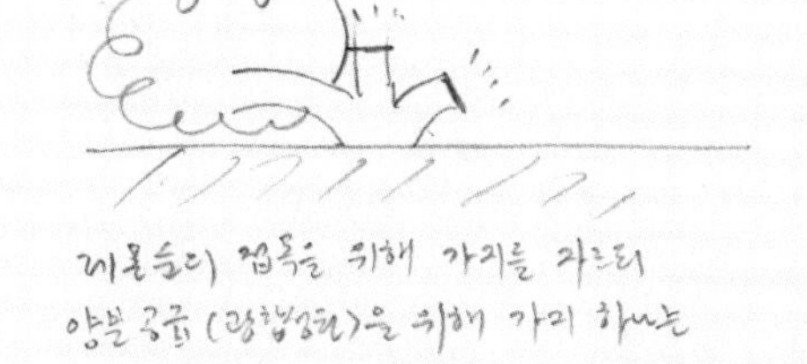
②
"3월"
레몬순의 접목을 위해 가지를 자르되
양분공급(광합성용)을 위해 가지 하나는
남겨둔다.

③
"4월"
레몬 순을 접붙인다.

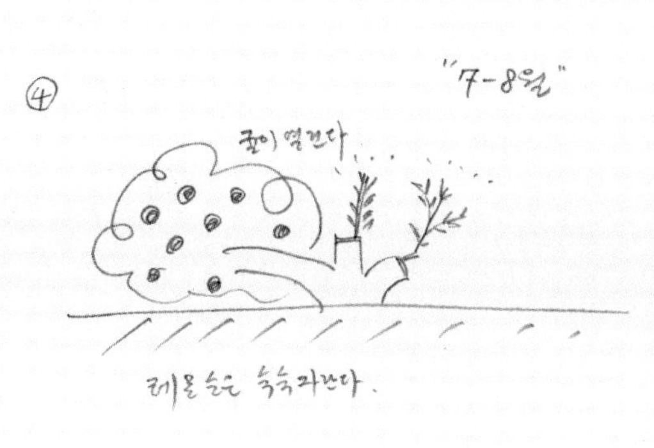
④
"7-8월"
귤이 열린다...
레몬순은 쑥쑥자란다.

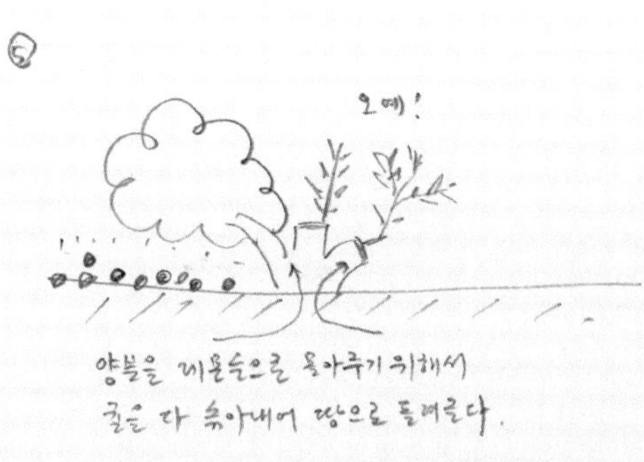
⑤
오예!
양분을 레몬순으로 몰아주기 위해서
귤을 다 솎아내어 땅으로 돌려준다.

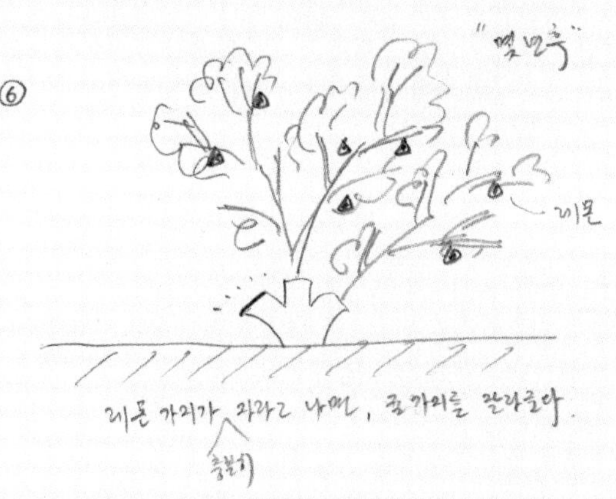
⑥
"몇년후"
레몬
레몬 가지가 자라고 나면, 귤가지를 잘라준다.
충분히

를 바라보며 피곤함을 잊던 아침 길, 일을 내려놓고 듣던 라벨의 피아노 협주곡 G장조 2악장, 그리고 『누군가를 위한』 한정판 앨범을 위해 귤을 따던 12월. 나무들과 이별하던 날, 마지막으로 커다란 귤나무 속으로 들어가 포옹했던 기억.

두 해째 한곳에서 농사를 지을 수 있다는 것이 나는 꿈만 같다. 나만의, 우리만의 작은 밭에서 일을 할 수 있어서 행복하다. 그리고 마침내 올해엔 친환경 인증까지 받았다. 해마다 밭을 옮겨야 했던 우리에게는 가당치도 않던 일이다. 처음 이곳에 왔을 때, 밭의 땅에는 이끼만 자랄 뿐, 풀이라곤 한 포기도 없었다. 나무들은 지금 어리둥절할지도 모른다. 늘 제초제로 매끈하던 땅인데 온갖 풀들이 피어나니까 말이다.

우리 밭에 '잡초'는 없다. 그저 '풀'이 있을 뿐이다. 클로버나 괭이밥, 얼치기완두 같은 콩과 풀들은 번질수록 반갑다. 공기 중의 질소를 붙들어서 땅으로 되돌려주는 고마운 풀이다. 물론 우리도 풀을 마냥 내버려두지는 않는다. 풀이 너무 자라면 작업에 방해가 되기도 하고, 무엇보다도 덩굴식물이 귤나무를 감지 못하게 해야 하기 때문이다. 처음에는 일일이 손으로 풀을 뽑고 꺾었는데 그러다 보면 어김없이 몸에 두드러기가 생긴다. 흔히 풀독이라 불리는, 일종의 접촉성 피부염인데, 그래서 지금은 되도록 예초기로 풀을 자른다. 풀을 베더라도 종아리의 절반 아래로는 그냥 둔다. 그래야 풀의 뿌리가 살고 뿌리에 사는 미생물도, 풀에 사는 벌레들도 살 수가 있다.

어제는 풀을 뽑다가 무당벌레를 보았다. 무당벌레는 모든 농부들의 친구이자 진딧물과 깍지벌레의 적이다. 나는 벌레 중에 무당벌레만큼 예

쁜 벌레가 없다고 생각한다. 농부의 눈이라 괜히 더 그렇게 보이는 건지 모르겠지만, 무당벌레를 볼 때마다 나는 자연이라는 위대한 디자이너에게 고개를 숙인다. 형형색색의 아름다운 무늬와 패턴은 볼수록 놀랍다. 만일 과수원의 풀이 모두 사라진다면 무당벌레든 어떤 벌레든 집을 잃고 말 것이다. 그러면 나무를 갉아먹는 해충이 몰려와도 해충을 잡고 평형을 유지해줄 천적들도 사라진다. 풀의 뿌리에 더불어 사는 미생물도 갈 곳을 잃을 것이다. 오로지 나무와 사람만 사는 과수원은 어딘가 자연스럽지 못하다.

올해 참으로 반가운 꽃 손님이 우리 과수원에 왔다. 레몬꽃이 온 것이다! 아주 예쁜 자줏빛 새잎과 함께 팥알만큼 작은 레몬 꽃눈이 왔다. 작년 가을 태풍으로 꺾여버린 순도 있고 공사를 하면서 많이 다치기도 했는데, 이렇게 씩씩하게 다시 자라서 순을 내고 잎을 열고 꽃이 왔다. 해가 뜨면 나는 오두막에서 내려가서 꽃눈이 얼마나 더 커졌나를 매일매일 살펴본다. 보면 볼수록 앙증맞다. 레몬은 꽃을 일 년에 두 번씩 틔운다는데. 아는 게 없고 경험이 모자란 나는 오히려 모든 것이 신기하고 새롭다. 이 봄, 나는 벌써 여름을 기다린다. 겨우내 이 봄을 기다렸듯이 기다리던 여름이 또 지나고 가을이 오면, 자줏빛 스카프를 두른 레몬꽃이 한 번 더 와줄까. 그리고 다시 해가 지나 이맘때가 되면, 이곳의 봄은 또 얼마나 많은 귤꽃 향기로 와글와글 가득 찰지 나는 벌써부터 그 하얀 봄 풍경을 상상하게 된다.

6월이 오면

섬의 여름은 한 박자 느리다. 육지의 기온이 섭씨 30도를 넘나들며 폭염 주의보가 내려도 이곳은 여전히 선선하기만 하다. 체감상으로만 보면 보름 남짓은 더디게 여름이 오지 싶다. 물론 여름은 더디게 오는 만큼 물러나는 속도도 그렇다. 봄 순은 점점 더 짙푸르고 튼튼해지고, 꽃이 진 자리에는 구슬만 한 아기 귤이 달린다. 날이 습하고 더워지면서 병해충도 많아지는데, 여린 순에 들끓던 진딧물의 공세가 한풀 꺾이면 더뎅이병과 곰팡이 균이 공격을 준비한다. 더뎅이병의 포자가 퍼진 잎은 볼펜 끝으로 꾹꾹 눌러놓은 것처럼 잎에 자국이 남아서 눈에 잘 띈다. 과수원의 풀들도 그야말로 '미친 듯이' 자라난다. "풀을 베고 돌아서면, 그새 또 자라 있다"라고 할 정도다.

온갖 병해충을 이겨낸 봄 순이 무사히 자라서 한숨을 돌리자마자 귤나무들은 또 여름 순을 틔운다. 레몬 가지에도 보랏빛 여름 순이 튼다. 이즈음 나무의 적은 귤굴 나방이다. 귤굴 나방은 잎 속에 알을 낳는데 여리고 약한 잎을 좋아한다. 사람이든 동물이든 식물이든 약한 조직이 가장 먼저 공격의 대상이 되는 것은 불변의 사실인가 보다. 귤굴 나방이 번진 잎은 하얗고 긴 지렁이 모양의 흔적이 남고 쪼글쪼글 오그라든다. 귤굴 나방의 공격은 말 그대로 '습격'에 가까워서 참으로 어찌해 볼 도리가 없다. 살충제를 쓰면 되지만 그건 우리 같은 친환경 농가에게는 해당 사항이 없다. 인도 멀구슬열매로 만든 님 오일(Neem oil)을 쓰면 좋다고도 하는데 아직 써보지는 못했다. 가격도 비싸서 몇 그루가 아니라 전체에 쓰기는 현실적으로도 힘들 것 같다.

뻐꾸기 소리가 들리기 시작하는 달. 두견이가 우는 달이 6월이다. "흐―" "흐―" 마치 귀신의 울음소리 같은 호랑지빠귀 소리도 들려오는 달. 방울새가 유난히 많이 보이는 달. 새벽녘, 엄마 까투리를 졸졸 따라다니는 꺼병이들도 무럭무럭 자라는 달. 그런 6월의 숲과 들에는 유독 소담하고 눈에 잘 띄지 않는 수수한 꽃들이 많다. 때죽나무꽃이 지고 난 자리를 물방울 같은 쥐똥나무꽃이 채우고, 다섯 날개의 프로펠러 같은 마삭줄꽃이 뚝뚝 길 위로 떨어진다. 동글동글한 다래꽃잎도 피어난다. 자그마한 리듬체조 공 같은 꾸지뽕꽃이 자욱하게 떨어진 송이(Scoria)길은 꼭 적갈색 천구(天球) 같다. 노란 무환자나무꽃도, 길가 어디서나 보이는 예덕나무의 꽃도 화려하지 않은 6월의 꽃이다.

6월이면 제비는 첫 번째 '육아'를 끝내고 잠시 숨을 돌린다. 새끼 제비들은 날기 연습을 하고 부모들은 열심히 새끼 새의 독립을 돕는다. 그리고 곧 두 번째 산란을 하게 될 것이다. 올해 우리 집에는 물부엌 한 구석에 제비 가족이 둥지를 틀더니, 순식간에 모두 집을 떠나버렸다. 그래서 여느 해 아침마다 알람 소리가 되어주던 시끌시끌한 제비 소리를 들을 수 없는 올 6월이 나는 몹시 서운하다. 우리 집뿐 아니라 온 동네가 조용한 듯하다. 원래 6월이면 제비들이 곳곳에 가득 모여 앉아 와글와글할 때이건만, 온 전깃줄이 텅 빈 오선지처럼 휑하다. 나는 서운하고도 은근히 걱정스럽다. 혹시 제비들이 우리 마을에 더 이상 오지 않는 건 아닐까.

그런데 언젠가부터 우리 집 현관에 제비 한 마리가 날아들고 있다. 짝이 없는 듯 혼자 앉아 노래를 부르다가 이내 파르르 날아가버린다. 다른 제비보다 유난히 작은 몸집에, 가는 목선의 숫제비다. 혹시 작년에 우리 집에서 태어난 제비는 아닐까. 혹시 작년에 우리가 구조했던 그 제비는 아닐까. 상상을 해본다. 여름이 다 가기 전에 어서 짝을 찾으면

좋겠는데.

습도가 올라가기 시작하는 6월엔 악기 걱정이 앞선다. 그래도 오두막의 습도는 늘 50~60퍼센트를 유지하고 있어서 얼마나 다행인지 모른다. 나무로만 만든 집이라 그런 것일까. 창문을 잠시만 열면 습도계의 눈금이 순식간에 70퍼센트를 향해 가다가도, 창문을 닫으면 금세 제자리로 되돌아온다. 오두막 문을 열고 나가면 훅, 하고 습기가 밀려오는 기분이 들 정도다. 6월은 장마가 시작되는 계절이기도 하다. 하지만 올해도 잔뜩 낮게 내려앉은 하늘은 찔끔찔끔 인색하게 비를 내린다. 마른장마만 계속되는 것이다. 그래도 육지에 비하면 사정이 나은 편이긴 한데 '장마'라는 말도 언젠가 또 아련해지는 건 아닌가 모르겠다.

햇성게가 났다며 해녀 친구가 연락을 해왔다. 6월은 성게의 계절이기도 하다. 하지만 올해에는 영 성게가 많이 나지 않아서 값이 많이 올랐다고 한다. 우리는 작고 예쁘게 포장된 성게를 몇 봉 사서 식구들에게 보냈다. 멀리 떨어져 있는 가족에게 집 앞바다에서 난 햇성게를 보내는 일은, 어찌하다 보니 우리가 여름을 맞이하는 의식이 되었다. 이렇게 신선한 성게는 아무것도 넣지 말고 그냥 먹거나 밥에만 올려 먹어야 한다. 흰쌀밥과 성게. 그것만 있으면 된다. 김이나 기름을 뿌리는 건, 반칙이다. 안 된다.

나의 오두막에는 새집이 하나 있다. 동쪽 처마 아래에 작은 새집을 하나 지어 달아두었는데, 새집을 만들어놓을 때만 해도 새들이 정말 와줄까, 어떤 새가 오려나, 집 평수는 맘에 들려나, 걱정스러운 마음과 궁금한 마음이 가득했었다. 글을 쓰고 있는 지금, 새집 주변에서 분주한 소리가 들려온다. 4~5월 내내 뜸하더니 새들이 집에 '입주'한 것 같다. 농담 삼아서 '벼룩시장에 광고라도 내볼까' 했었는데. 집이 맘에 들었던 걸까. 오두막에 앉아 있으면, 새들이 파닥거리는 소리가 제법 들려온다. 곧 알을 낳을지도 모르겠다. 아니 어쩌면 이미 새끼들이 자라고 있을는지도 모른다.

새들은 빨리 자란다. 약하디약한 새끼 새들은 빨리 자라는 것이 중요하다. 그래서 어미 새는 필사적으로 먹이를 물어다 새끼를 키운다. 얼마 전, 과수원에서 일을 하던 중 아내가 조용히 나를 불렀다. 귤나무 속에 예쁜 새 둥지 하나가 있다는 것이다. 둥지를 본 나는 감탄을 했다. 하지만 오래 보고 있을 수가 없었다. 혹시라도 어미 새를 자극할 수도 있으니까. 그리고 매일 아침마다 살금살금 둥지 쪽으로 가서 곁눈질로 둥지를 살폈다. 메추리알만 한 알이 두세 개 보인다. 알의 모양을 보니 직박구리의 알이다. 직박구리가 풀숲이 아닌 나무 안에도 둥지를 짓는구나. 보통 대여섯 개를 낳는 편이니 더 많은 알이 숨어 있을지도 모르겠다. 그리고 2주가량 지났을까. 둥지에서 새끼들이 태어났다. 새끼 새들은 6월의 풀들처럼 순식간에 자라나 둥지를 떠났다.

오두막 앞에 있는 동백나무에도 둥지가 하나 있다. 멧비둘기 둥지다. 어느 날 노란 눈의 멧비둘기가 황망히 내 근처를 맴돌며 구구구구, 울어댔다. 그 모습이 하도 희한해서 문득 들여다본 나무줄기 위에는 자그마한 둥지가 틀어져 있고 뽀얀 알 두 개가 담겨 있었다. 그런데 그 곁을 천천히 미끄러지는 무언가가 보였다. 검지만큼 가느다란 뱀 한 마리가 알 하나를 천천히 입에 밀어 넣고 있었던 것이다. 어미 비둘기는 어찌하지도 못하고 나무 주변을 이리저리 날아다녔다. 알 하나를

꿀꺽 삼킨 뱀은 또 두 번째 알을 천천히 감싸더니 다시 똑같은 모습으로 입을 벌렸다. 그 모든 것이 너무도 부드럽고 유연하게, 천천히 끝나버렸다. 지금 그 비둘기 둥지는 텅 비어 있다. 뱀도, 새도, 알도 없다. 나는 그것이 우리 과수원에서 일어나는 당연한 먹이사슬이란 것을 알면서도, 빈 둥지를 볼 때마다 여전히 쓸쓸해진다. 나와 마주친 어미 새의 노랗고 붉은 눈동자가 떠올라서 그런지도 모르겠다.

그렇게 6월이 지나간다. 연분홍 깨꽃이 피는 6월을 보내며, 내년에 다시 올 6월의 이곳은 그리고 나는 또 어떤 모습으로 있을까 생각해본다. 와야 할 것들은 오고, 남아 있어야 할 것은 남아주면 좋겠다. 작고 초라한 6월의 꽃도, 뻐꾸기와 두견이, 지빠귀 소리도, 장맛비도, 제비도, 뱀도, 성큼 후텁해진 이 바람도 그리고 나와 이 오두막도 그냥 지금처럼만 있어주면 참 좋겠다 싶다.

우리는 해거리를 한다

과실나무를 키워본 사람이라면 누구나 알겠지만 나무는 매년 똑같은 양의 열매를 맺지 않는다. 어느 해엔 많이 그리고 어느 해엔 적게 열매를 맺는데, 이를 두고 사람들은 '해거리를 한다'라고 말한다. 해거리의 원인이 아직 정확하게 밝혀진 것 같지는 않지만 직관적으로 생각해보면, 꽃을 피우고 열매를 만드는 일에 '힘'을 많이 쓴 나무가 그 이듬해에 '쉬고자 하는' 행위, 그 결과가 해거리이다. 그래서 해거리를 피하거나 줄이기 위해서는 지나치게 많이 달린 꽃이나 열매를 솎아주어야 한다. 나무의 '힘'을 비축해두자는 뜻이다. 귤 농사를 많이 짓는 이곳의 농가나 농업기술센터에서도 이 '해거리'는 아주 큰 이슈이다. 그래서 봄철 가지치기를 할 때, 꽃이 달릴 가지를 얼마나 남길 것이며 어떻게 가지를 잘라내줄 것인가가 매우 중요한 기술이다.

해거리는 비단 과일나무에만 해당되는 얘기는 아니다. 작년에는 때죽나무꽃이 풍년이어서 양봉을 하는 분들이 신이 났다는 얘기를 들은 기억이 난다. 그렇다면 올해는 어떨까. 때죽나무도 해거리를 한다 치면 올해 때죽꽃의 꿀 수확은 적어졌을 것이다. 숲속의 나무들을 생각해본다. 올해 많은 열매를 맺은 도토리나무 숲이 있다고 치자. 땅으로 떨어진 도토리가 많을수록 도토리를 먹는, 혹은 도토리에서 돋은 새순을 먹는 초식 · 잡식동물들은 먹이가 많아져서 몸을 키우고 번식을 하기도 더 쉬울 것이다. 그렇지만 매해 그렇게 도토리 '풍년'이 되면, 도토리나무 입장에서는 자손을 퍼트리기가 오히려 더 힘들다. 경쟁자의 수가 늘어나서 먹이 경쟁이 더 치열해질 테니까. 그런데 만일 이듬해에 나무가 도토리를 적게 내놓으면, 동물의 개체 수가 자연스레 줄 테고 다시 그 이듬해 풍성하게 열매를 땅으로 내려서 아기 나무의 생존율을 높일 수가 있다. 나무와 동물 사이의 생존 리듬을 조율한다고 할까. 그렇게 '해거리'란 숲속 생태계에서도 균형자 역할을 하는 기술이다.

올해 우리 집 정원에 있는 돈나무도 심한 해거리를 하는 중이다. 우리가 이사를 온 해엔 엄청나게 많은 꽃을 피웠고, 그 꽃이 열매가 되어 찐득하고 붉은 종자들이 우수수수 떨어졌었다. 그다음 해엔 정원 곳곳에 새싹이 났지만 엄마 나무에는 아예 꽃이 하나도 열리지 않았다. 작년에는 다시 어마어마하게 꽃이 많이 피었다. 꽃을 덜 피우는 해에는 나무에 벌레도 많아진다. 힘을 써버린 나무가 힘을 되찾을 때까지 깍지벌레 같은 벌레들이 나무를 가만히 두지 않는 것이다. 이 패턴은 반복되어 올봄 돈나무는 꽃을 한 송이도 피우지 않았고, 무성하게 잎만 키워낸 나무에는 하얀 이세리아(Icerya) 깍지벌레가 다닥다닥 많이도 붙어 있다.

올해 우리 과수원에는 귤꽃이 거의 오지 않았다. 어느 정도는 예상했지만 이 과수원에서 겨우 2년째 농사를 짓고 있는 나는 이 정도로 심한 해거리를 할 거라고는 예상하지 못했다. 작년의 혹독했던 여름 날씨의 영향을 받은 건 아닐까도 싶은데, 다른 과수원의 사정도 비슷해서 올해 귤 생산량이 많이 줄 거라고 말하는 사람도 있다. 그리고 나는 지금 새 앨범을 준비하고 있다. 그동안 음악을 하면서 거의 예외 없이 나는 2년에 한 번씩 앨범을 내왔다. 마치 나무가 해거리를 하듯 앨범을 낸 것이다. 그럼 나는 어쩌다가 그런 '해거리'를 하게 되었을까. 생각해보니 나무들의 해거리와 그리 다른 것 같지도 않다.

나에게 앨범을 내는 일이란 기록을 남기는 것이고, 발자국 같은 노래를 남기는 게 나의 업이다. 그래서 지난 시간을 돌이킬 때면, 난 늘 그

즈음 발표했던 앨범을 함께 떠올린다. '아, 그때 내가 3집을 냈었지.' '그 해는 5집이 나왔던 해였어.' 이런 식으로 나는 나의 시간과 기억을 앨범으로 특정한다. '시간'이라기보다는 '시절'이란 말이 더 와닿으려나. 어떤 '시절'의 내 모습이든, 그 시절이 고스란히 앨범 속에 있다. 그리하여 나의 과거는 앨범의 연대기로 남는다. 유학 시절을 생각하면 2집이, 지금은 세상에 없는 한 친구를 생각하면 3집이 떠오르고, 2년 동안 살았던 한옥 처마와 쪽빛 하늘을 떠올리면 6집이 떠오른다. 처음 서울에 둥지를 텄던 10평짜리 집 앞 골목을 생각하면 금세 4집이 떠오른다. 반대도 그렇다. 7집 속에는 처음 이 섬에 왔던 시절의 온갖 기억으로 빼곡하다. 나에게 앨범과 노래란, 픽션이 아닌 다큐멘터리이다. 그래서 나의 노래 속에는 나의 모든 것이 남아 있다.

그렇다면 왜 2년일까.

2년보다 더 길어진다면 음악적으로 너무 느슨해지고, 그렇다고 매해 앨범을 내는 것은 내 능력 밖의 일이다. 나무가 꽃을 틔우고 열매를 맺는 것이 일 년의 일이듯, 한 장의 앨범을 낸다는 것도 꼬박 한 해의 일이니까. 그 숨 가쁘고 고된 한 해의 작업을 마치고 나면(무엇보다 몸이 많이 축난다) 나무도 나도, 몸도 마음도, 쉬고 다시 무언가를 차곡차곡 쌓을 시간이 필요하다. 눈앞에 보이는 저 귤나무처럼, 나도 충전의 시간을 일 년으로 두는 것이다.

앨범 작업에 들어가기 전에 가장 먼저 하는 것은, 내게 무엇이 쌓여 있는가를 돌이키는 일이다. 음악의 스타일이든, 실험하고 싶은 것이든, 멜로디든, 편곡의 아이디어든, 가사의 주제든, 제목이든, 마음과 기록

속에 쌓아둔 것들은 모조리 다 꺼내놓는다. 그리고 그것을 움켜쥐고, 작업을 시작한다. 나는 곡과 가사가 같이 엮여 나올 때 비로소 '노래가 만들어졌다'라고 정의한다. 그렇게 곡을 '엮는' 작업은 가장 많은 힘을 쓰는 과정이다. 나무가 꽃을 틔우는 일과 같다. 나는 그 시간 동안은 다른 아무 일도 하지 못하고 오로지 곡만 만든다. 갈 수 있는 한 가장 깊은 곳으로 들어가지 않으면 노래를 써낼 수 없다. 그렇다고 마냥 '잠겨'만 있을 수는 없기에, 최대한 한 호흡에 짧고 깊게 몰아붙인다. 스킨다이버나 해녀처럼, 온 숨을 모았다가 한 번에 깊이 들어갔다, 나와야 한다. 매년 앨범을 내거나 매달 곡을 만들어낼 수 없는 또 다른 이유이다.

첫 곡을 써내는 일은 가장 어렵다. 일상의 '나'에서 빠져나와 곡을 만드는 '나'로 바뀌는 데에는 시간과 에너지가 가장 많이 든다. 그렇지만 한두 곡이 지나면 그 뒤부터는 조금 수월해진다. 대략 2~3일에 한 곡씩을 써내는데, 이상하게도 이번에는 곡 작업을 하는 시간이 꽤 길어졌다. 아마도 밤을 포기한 대가인 것 같다. 음악을 하는 사람들은 밤을 사랑하는 법이건만, 농사의 일상을 함께 신경 써야 하는 나는 밤 시간을 고집할 수가 없었다. 그렇게 올해 나는 처음으로 이른 새벽에 일어나 곡을 썼다. 나에게 밤은 마음의 시간이고 낮은 몸의 시간이다. 해가 뜨고 시곗바늘이 낮으로 향하면, 마음에 걸려 있던 마법이 점점 풀리는 것을 느낀다. 밤은 길지만 새벽은 순식간에 물러간다. 점점 커지는 새소리와 함께 밤의 골든 타임이 끝나면, 잠깐의 새벽이 찾아오고 곧 낮이 온다. 나는 밤과 낮을 다 가질 수는 없었다.

우여곡절 끝에 곡 만들기를 끝내고 나니 성큼 여름이 왔다. 물론 앞으로 해야 할 일은 여전히 산더미 같다. 악보를 그리고, 편곡을 하고, 녹음도 믹싱도 직접 해야 한다. 넘어야 할 산이 한두 개가 아니다. 그래도 곡을 쓰기 전의 심정에 비한다면야 그 뒤의 일들은 수월한 편인지도 모르겠다. 작곡과 작사의 큰 산을 넘고서 써낸 곡을 정리할 때면 여러 생각이 든다. 뿌듯하고 또 아쉽다. 지난 2년 동안 마음속에 그렸던 것을 얼마나 해냈나를 생각하면, 허탈하기도 하다. 그 무엇이 얼마가 되었든, 나는 언제나 욕망했던 만큼을 해내지는 못한다. 그게 아쉬워서 곡을 더 쓰려 할 때도 많았다. 그러고 보니 첫 앨범을 빼고는 열 곡 이하의 곡이 담겼던 적이 없다. 마지막 아쉬움에 곡이라도 더 써내려 안간힘을 다했었다.

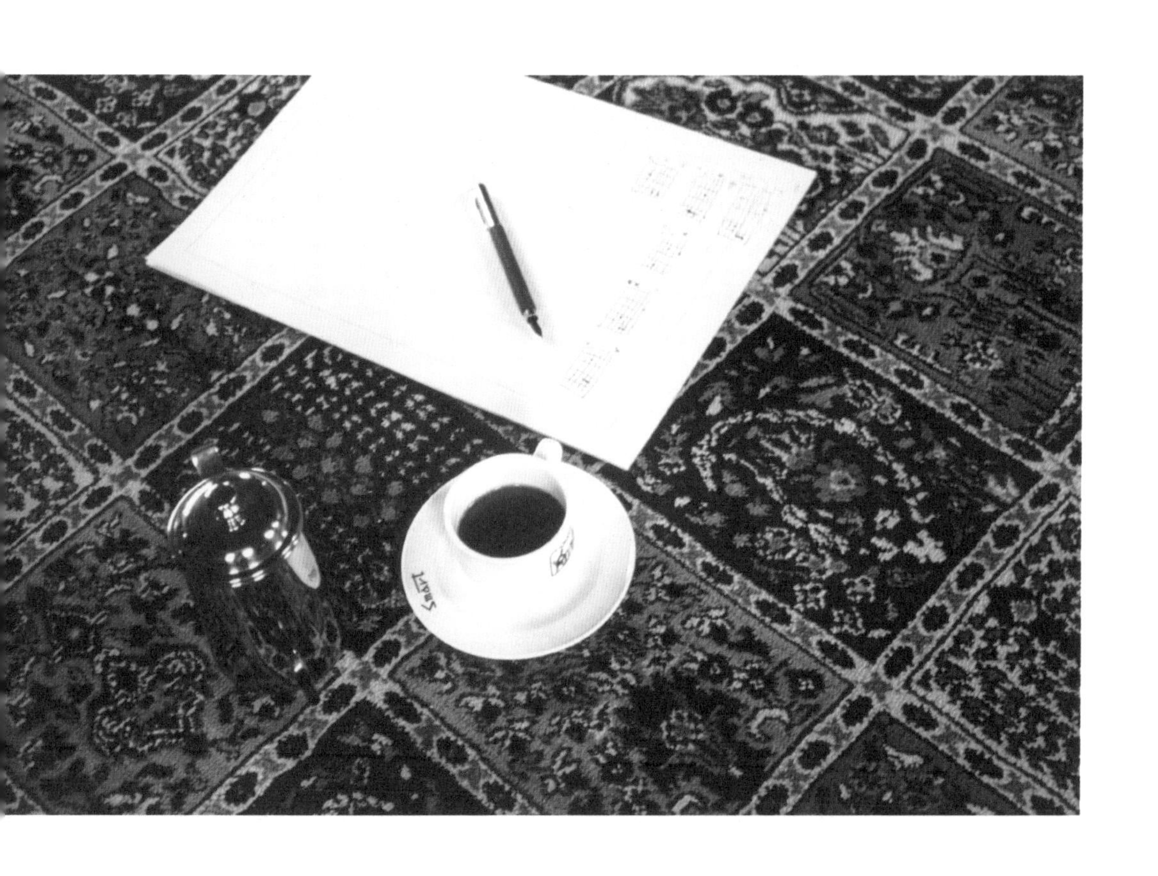

며칠 전 곡 작업을 끝낸 나는 옥상에 올라가 한동안 멍하니 수평선을 바라보았다. 역시나 말할 수 없는 허무함이랄까, 무력감이 밀려왔다. 왜 이것밖에 못 했을까. 그렇게 해보고 싶던 것들을 왜 다 못 해냈을까. 온갖 생각이 들었다. 하지만 생각을 달리하기로 마음을 다잡았다. 이대로 아쉬움을 묻고 또 2년을 기다리기로. 다음 혹은 또 언제가 될지는 몰라도, 걸음을 멈추지 않는 한 언젠가는 해낼 수 있겠지. 그런 희망도, 다짐도 아닌 마음을 품고 나는 전쟁터 같은 작업실로 되돌아왔다.

과수원의 나무와 나는 이렇게 서로 엇갈린 해거리를 하며 살아간다. 내년에는 너희에게 엄청나게 많은 꽃이 올 테지. 나는 꽃도 따주고 아기 열매도 더 많이 솎아야겠지. 올봄까지 온 잎을 떨구고 힘들게 해산한 나무들을 보았으니, 과수원이 귤빛 바다처럼 물들지 않아도 괜찮다. 나무들이 감당할 수 있을 만큼이 어느 정도인지 이제 알 것도 같다. 딱 그만큼만 남기고, 모두 땅과 나무에게 되돌려줄 것이다. 그러면 이듬해의 나무들은 더 여유 있게 꽃을 준비하겠지. 나도 그러기로 했다. 이번에 대단한 노래를 아주 많이 담지 못했다 해도, 만들어낼 수 있는 가장 정직한 노래를 만드는 것. 지금의 나는 그러면 되는 것이고 또 2년을 기다릴 것이다. 그러고 보니 나도 귤나무도 열매를 맺는 계절마저 같아진 것 같다. 우리는 가을과 겨울에 결실을 맺는다. 그리고 우리는 똑같이 해거리를 한다.

6분의 1

나는 보현이라는 이름의 개와 함께 산다. 눈치챈 사람도 있겠지만, '보현'은 불교의 보살에게서 따온 이름이다. 내가 6년 반의 유학생활을 마치고 서울로 돌아왔을 때 입양한 강아지의 이름은 '문수'였는데 그 이름 역시 보살에게서 따왔다. 문수가 4개월쯤 되었을 때, 나는 문수를 부산의 본가에 맡겨두게 되었다. 전업 음악인이 된 후 첫 앨범 작업을 앞두고 있던 중요한 시기였기에 잠시 문수를 맡겨놓고 나는 작업에만 몰두했다. 하지만 앨범 작업이 다 끝난 뒤에도 부모님은 문수를 보내고 싶어 하지 않았다. 깊은 정이 든 두 분의 완강함에 나는 문수를 부산에 두고 올라올 수밖에 없었다. 그리고 이듬해 봄, '이번에는 무슨 일이 있어도 함께 살리라' 하고 마음먹으며 4개월 된 새끼 강아지를 데리고 왔다. 그리고 그 강아지를 '보현'이라 부르기로 했다. 처음엔 지혜를 상징하는 문수보살의 이름을 땄으니, 이번엔 행원(行願)을 상징하는 '보현'이란 이름이 이미 마음속에 있었던 건지도 모르겠다.

보현은 아픈 몸으로 나에게 왔다. 집에 온 첫날부터 보현은 계속 설사를 했는데 그게 며칠이 지나도 멎을 줄을 몰랐다. 손바닥만큼 작던 솜

털북숭이 보현은 하루 종일 구석에서 잠만 잤고, 동네 동물 병원에서 진찰도 받아봤지만 뾰족한 원인을 알 수가 없었다. 나는 수의사가 건네준, 무슨 성분인지도 모를 노란 가루약 몇 봉지를 받아 와서 그저 열심히 약만 먹였다. 달리 할 수 있는 것이 없었다. 그런 지 이틀쯤 지났을까. 늦은 밤이었다. 여전히 별 차도가 없어 보이는 보현에게 약을 먹이는데 갑자기 보현의 몸이 축 늘어졌다. 차도 없던 나는 급히 택시를 불러 신촌의 어느 동물 병원으로 달려갔다. 서둘러 도착한 병원 문을 급히 열고 들어가자 꽤 큰 병원 안에 수의사 선생님들 몇 명이 듬성듬성 보이고, 카운터에 앉은 피곤한 눈빛의 직원이 덤덤하게 이것저것을 물어보았다. 나는 그 순간의 차분한 프로세스를 이해할 수 없었지만 또 한편으로는, 아, 그렇게 위중한 상황은 아닐지도 모르겠구나, 싶어 마음이 놓이는 것도 같았다.

무척 길게만 느껴진 수속과 기다림 끝에 우리는 수의사 선생님에게로 안내되었다. 그리고 이미 수납처에서 다 말했던 레퍼토리를 한 번 더 주섬주섬 반복했고, 선생님은 역시나 또 차분하게 설명을 들으시더니 비로소 온갖 검사가 시작되었다. 그 가는 다리의 털을 밀고 주사를 놓고 피를 뽑고 뭐를 넣고 빼고…. 몇 시간 뒤 결국 밝혀진 병명은 '코로나 장염'이었다. 치사율이 높다는 파보 장염이 아닌 것이 다행이라면 다행이었다.

그렇게 보현은 만난 지 일주일도 채 못 되어서 입원을 하는 신세가 되었다. 그리고 다시 일주일이 지나 퇴원을 하고도 6개월이 넘도록 바깥세상을 구경조차 할 수가 없었다. 수의사 선생님이 다섯 차례의 예방접종을 처음부터 다시 시작할 것이며 접종이 다 끝날 때까지 모든 외출을 삼가라고 단단히 일러주었기 때문이다. 반년여의 시간을 실내에서만 보낸 보현은 더 예민하고 소심해졌다. 바깥에 나가는 일 자체를 무척 두려워했다. 집 앞 계단을 내려가는 것도 힘들어했고 조금만 낯선 길을 가도 온몸을 떨며 불안해했다. 바깥에서 대소변을 보는 것도, 다른 개들과 인사하고 교류하는 것도 해내지 못했다. 지금의 성격은 그때 그렇게 형성되어버린 것 같다.

우리가 이 섬으로 내려오던 해 보현은 막 네 살을 넘겼다. 서울에서 차를 몰고 완도로 가서 배를 타고, 다시 섬으로 들어오는 꼬박 열두 시간의 여정이었다. 그날 나는 장염에 몸살까지 걸

렸지만 보현은 그 힘든 여행을 씩씩하고 무탈하게 견뎌주었다. 이곳에서 우리는 바다로도 갈 수 있고 산으로도 갈 수가 있다. 보현과 함께 가고 싶은 모든 곳으로 갈 수야 없지만, 서울에 비한다면 함께할 수 있는 곳이 훨씬 더 많아졌다. 숲길도 있고 바닷길도 있고 동네 초등학교나 마을 공원에서도 함께 놀 수 있다. 이 섬은 육지에서 온 사람과 개, 모두에게 너른 품을 열어준 것만 같았다.

몇 년 전 우리는 한 가지 큰 결정을 했다. 5년 가까이 주던 사료 대신 자연식 먹이를 직접 만들어주기로 한 것이다. 우리가 출퇴근을 하는 것도 아니고 사람을 만나거나 모임에 나가는 일도 극도로 줄었기에 가능한 일이었다. 비용을 따져도 큰 차이가 없었다. 다만 무엇을 어떻게, 얼마나 먹여야 할지 처음에는 감이 오지 않았다. 그리고 우리가 더 고민한 이유는 수의사 선생님들의 반응이었다. 대부분의 선생님이 '사료 위주로 잘 먹이세요'라며 아무도 우리를 지지해주지 않았기 때문이다. 그렇지만 결국 우리는 '자연식'을 직접 만들어 먹이기로 생각을 굳혔다. 언젠가 보현을 떠나보낼 때가 올 것이고, 왜 더 맛있는 것을 먹이지 못했을까, 하는 후회를 하게 될 것 같았다. 개에게 먹는 일이란 사람들에게보다 훨씬 크고, 즐거운 삶의 목적이니 우리와 함께 사는 동안만큼은 그 소박한 욕망을 힘껏 채워주고 싶었다.

우리는 가장 먼저 개에게 무엇을 먹여야 하고, 무엇을 먹이지 말아야 하는지를 공부해야 했다. 말을 할 수 없는 그들을 대변하는 사람들의 의견은 참 다양하고 심지어 엇갈리는 것도 많다. 실은 우리도 아직 우리만의 방식을 찾아가는 중이다.

우리는 우리가 먹는 먹거리의 일부를 떼어 보현의 밥을 만든다. 사람의 몸에는 좋은데 개는 절대 먹어서 안 되는 것들도 있지만, 사람에게나 개에게나 함께 좋은 먹거리도 아주 많다. 보현의 밥을 만드는 '요리'는 매우 간단하다. 단백질과 탄수화물, 그리고 채소를 기본으로 하고 그 외에 멸치나 미역, 다시마 같은 남은 해산물도 적당히 섞어서 함께 솥에 넣는다. 푹 삶거나 쪄서 식힌 뒤 핸드 블렌더로 잘 갈아준다. 그리고 통에 나눠 담아 냉동실에 보관해두고 하나씩 데워서 먹이는 것이다. 보현은 유독 밥을 빨리 삼켜 먹는 버릇이 있어서 먹이를 갈아서 주어야 하는데, 그 대신에 우리는 매듭으로 터그 놀이를 해주면서 턱 운동을 시켜준다. 보현의 몸무게와 우리의 몸무게를 비교해보면, 대략 우리 몫의 10분의 1가량을 보현과 나누는 셈이다. 식비의 10퍼센트를 보현에게 더 쓰는 것이다.

그러기를 3년여. 보현은 우리와 함께 아주 건강하게 잘 살고 있다. 보현은 이제 일곱 살을 넘겼다. 보현의 삶은 반환점을 돌았을까. 아니면 아직 여전히 더 남았으려나. 내 삶의 반환점은 어디쯤 있을까. 아직 멀리 있으려나. 아니면 남몰래 반환점을 돌아 이미 결승점을 향해 가고 있을까. 그리고 우리는, 얼마나 더 함께 살 수 있을까. 나보다 6분의 1만큼 작은 보현은 나보다 6분의 1만큼 적은 밥을 먹는다. 그런 보현은 나보다 6분의 1만큼 더 짧은 삶을 살게 될까.

작년 여름, 우리에게는 큰일이 있었다. 몹시 더운 어느 일요일 아침이었다. 나보다 일찍 잠에서 깨는 아내는 보현의 아침 산책을 도맡아 하는 편이다. 그날도 아내는 보현을 데리고 바닷가로 산책을 갔고 나는 여전히 잠을 자고 있었다. 어렷하게 잠이 깬 나는 거실에서 계속 울리는 전화벨 소리를 들었다. 의식이 완전히 돌아왔을 때, 나는 내가 몇 통의 전화를 건너뛰었음을 알았다. 그리고 다시 집 전화와 휴대폰이 번갈아 울렸다. 좋지 않은 직감이 들었다. 거실로 뛰어나가 전화를 받자마자, 오열하는 아내의 울음소리가 폭포수처럼 귀로 쏟아졌다. 수많은 생각이 갈래를 치고 나는 멍하게 아무 말도 못 하고 전화기를 들고 서 있었다.

아내를 겨우 진정시킨 나는 어떻게 된 일인지를 조심스레 물었다. 목줄이 풀린 큰 백구가 보현을 물었는데, 보현은 아주 큰 상처를 입은 채로 달아났고, 지금은 어디에 있는지 알 수가 없게 되었다는 것이다. 나는 머릿속이 아득해졌다. 집 근처라면 어떻게든 찾아보겠는데 아내가 산책을 간 곳은 적어도 집에서 2킬로미터는 떨어진 곳이었다. 그리고 그곳에서 집까지 오는 길에는 차가 다니는 큰길도 있고, 또 다른 목줄 풀린 개도 많을 것이다. 게다가 심하게 다쳤다니…. 그리고 벌써부터 찌기 시작하는 이 한여름의 무더위는 어떻게 하나.

나는 최대한 정신을 똑바로 차리고 아내를 안심시키려 애썼다. 아내는 조금도 진정될 기미가 보이지 않았지만, 또 한편으로는 차분하게 나에게 트럭을 타고 집에서 바닷가까지 길을 훑으며 오라고 하며, 119에는 이미 신고를 해두었다고 말해주었다. 나는 부랴부랴 덜 깬 잠을 쫓으며 트럭 열쇠를 챙겨 들고 현관문을 나섰다. 그런데 대문을 여는 순간, 눈앞에 서 있는 보현의 모습. 그 먼 길을 걸어 집까지 온 것이었다. 등은 다른 개의 침과 피가 뒤범벅되어 있고 보현은 연신 두리번대며 헥헥댔다. 아내에게 전화를 걸려고 했지만 아내는 휴대폰을 두고 간 터였다. 누군가에게 전화기를 빌려서 겨우 전화를 건 모양인데 나는 이제 아내가 걱정이 되었다(평소 휴대폰에 무척 둔감한 우리는 이날 이후로 휴대폰을 잘 챙기고 있다).

나는 보현을 트럭에 태우고 아내가 있는 바닷가로 달려갔다. 해수욕장 초입에 들어서자 동네 사람들과 119 대원들에게 둘러싸인 아내가 멀리서 보였다. 아내는 실성한 사람처럼 울고 있었고 나와 보현을 발견하고는 더 크게 울부짖었다. 아내 뒤편으로 목줄에 묶인 큰 개 한 마리가 보였다. 백구의 주인이 쭈뼛쭈뼛 다가와 나에게 뭐라고 말을 건넸지만 나는 아무 말도 들리지 않았다.

우리는 무조건 시내로 달렸다. 내가 운전을 하는 동안 아내는 여기저기 동물 병원에 전화를 걸었다. 하지만 어느 한 곳도 전화를 받지 않았다. 휴일인 데다가 너무 이른 시각이었다. 갈 곳이라곤 없는데, 어디라도 무조건 가야 하는 상황이었다. 막막했다. 그렇게 무작정 몇 십 분을 달리던 중, 결국 수술을 해주겠다는 병원을 한 곳 찾아낼 수 있었다. 우리의 급한 사정을 설명하니 휴일임에도 수의사 선생님은 병원에 나와서 수술을 해주시겠다고 하셨다.

그 여름은 무척 덥고 길었다. 우리는 전기 요금 폭탄을 각오하고 보현의 상처가 덧나지 않도록 하루 종일 에어컨을 틀어야 했다. 여름 내내 보현은 처음 우리가 만났던 때처럼 24시간 동안 집 안에만 있었다. 수술은 잘 끝났지만, 보현은 며칠 밤을 더 끙끙 앓으며 제대로 잠을 이루지 못했다. 우리도 아예 손님방 바닥에 이불을 깔고 보현과 같이 잠을 잤다. 보현이 앓다가 깨면 우리도 깼고, 무슨 악몽을 꿨는지 헉헉댈 때마다 다독이며 진정을 시켜주었다. 제 스스로 몸을 뒤척이지 못하니 가끔씩 몸을 일으켜 돌려주어야 했다. 하지만 보현은 의연하게 아픔을 견디고 그 큼직한 주사도 잘 맞으면서(보현의 몸이 나의 6분의 1이라면 나로서는 빗자루만 한 주사를 매일 맞는 셈일 것이다) 몸을 추슬러갔다. 보현의 상처는 어른 손등 크기만큼 컸다. 사람으로 치자면, 등에 A4 용지 반 장만 한 상처가 난 셈이었다.

보현도 보현이지만 아내 역시 충격이 컸다. 어떻게 아내를 위로할 수 있을까를 고민하던 나는 무심코 만화를 그려보기로 했다. 말이 만화지 그림이라 치기에 형편없는, 말도 안 되는 그림이었다. 만화의 주인공은 우리 과수원의 지렁이들인데, 과수원 흙 위에 쌓인 잔가지 틈에 사는 지렁이를 보고 착안한 것이다. 우리가 남은 음식물을 그곳에 묻어주면 지렁이들은 일주일도 안 되어서 그 모든 음식물을 깨끗하게 먹어주는데, 음식물은 아주 검고 고운 흙으로 변해간다. 특히나 봄철 가지치기를 하고 파쇄한 나뭇가지들은 지렁이들에게 완벽한 집이 되었다. 나는 그곳을 '지렁이 아파트'라고 부르곤 했다.

아내가 외출을 하면, 나는 과수원의 지렁이를 생각하며 만화를 그렸다. 슥삭슥삭 그려서 아내의 책상 위에 올려놓고는 아내가 돌아올 때까지 그녀의 반응을 두근대며 기다렸다. 다행히도 아내는 언제나 나의 「지렁이 아파트」를 좋아하였고, 다음 에피소드를 기다려주었다. 그렇게 잠시나마 아내의 마음을 달래줄 수는 있었겠지만, 정작 끙끙 앓던 보현에게 내가 어떤 위로가 되었을까. 그때 나는 알았다. 내가 보현에게 해줄 수 있는 것이 생각보다 별로 없구나.

계절이 다시 지나고, 보현은 한 살의 나이를 더 먹었다. 나도 똑같이 한 살의 나이를 더했다. 사고 이후 보현은 동네 강아지들에게 더 예민해졌고 아내도 트라우마가 생겨서 우리는 더 이

①
②
뭘?
얘기 들었니?
③
보현이가 개한테 물려서 많이 아프대.
④
정말?? 아유 어째..
다행히 수술은 잘됐다더라.
⑤
문병이라도 가야되나? 근데 넘 멀어서, 우리걸음으로 말이지...
⑥
폴은 스맛폰을 안쓴다국... 심지어 문자도 잘안가
카톡이라도 보내볼까?
⑦
어떻게 하지...? ㅠ.ㅠ. 우리가 신세를 진 게 많은데 어떻게든 위로편지를 써야 마음이 편할것 같아.
⑧
좋은 생각이 났다!
띠링~
⑨
내일 폴이 라누길에 씨오뿌리러 올거야. 그때 폴에게 편지를 주자.
어떻게?
⑩
오오!
잠깐 폴이 쉬는동안 장화안에 넣어두면 되지.. 발에 걸리적거리면 분명히 꺼내서 읽을거야
⑪
그날밤... 둘은 밤새 보현이를 위로하는 편지를 썼습니다
지렁이 아파트
⑫
아침..
다 썼다!

그리고... 예상대로 폴은 비료를 뿌리러 과수원에 왔습니다.
장화
저벅 저벅
정확히 오전 10시 하고 35분쯤.. 폴은 잠시 쉬러 장화를 벗었습니다.
휴우~ 조금만 쉴까
!
칫!
장화
그리고... 둘은 계획대로 폴의 장화 속에 편지를 넣었습니다
쏘옥
작전 성공!
미션 컴플리트
그나저나 너무 감동해서 울면 어쩌지?
어. 그래서 난 최대한 드라이 하게 썼어.
맘이 좀 놓인다. 점심이나 먹자
아야!
다시 일어나서 일할 준비를 하는 폴. 장화를 신었는데 ...
신발에 뭐가 들어갔나..
탈탈탈
폴은 편지를 발견했는데..
어! 이게 뭐지? 편지아냐?
흠...
폴은 편지를 읽었습니다. 두 통 다요...
그런데...! 편지를 다 읽고는 그냥 편지를 두고 가버리는 것이었습니다!
지렁이 개미가는 글씨라 당최 알아 볼 수가 없네..
......

상 마을 산책조차 쉽게 하지 못한다. 소중한 산책 길을 많이 잃어버린 것이다. 보현의 상처는 아물 듯, 아물 듯 쉬이 아물지 않았다. 낫는 듯하다가도 덧나고 또 낫는 듯하다가 덧나기를 반복했다. 올겨울에는 상처가 한 번 더 심하게 덧나서 다시 털을 밀어야 했다. 선생님은 재수술을 심각하게 고민해보자는 말씀까지 하셨지만 지금은 다행히 다시 잘 아물어간다. 개의 피부는 사람의 피부보다 여리다. 그런 연한 살갗에 더 이상 털이 나지 못하니 작은 자극에도 덧나기 쉬워진 것인데, 거뭇하고 단단해진 흉터를 볼 때마다 나는 아직도 미련을 버리지 못한다. 혹시라도 예전처럼 털이 돋아나지는 않을까. 그러지 않으리라는 걸 알면서도 나는 매일매일 보현의 흉터를 살피는 버릇이 생겼다.

보현은 내 몸 어디든 한 곳을 꼭 맞대는 것을 좋아한다. 이를테면 소파에 앉은 내 옆에서 조는 것도 좋아하고, 침대에서 잠을 잘 때 모로 누운 내 등에 등을 맞대고 자는 것도 좋아한다. 그 따뜻하고 작은 체온이 은근히 전해지는 기분은 어떤 말로도 설명할 수가 없다. 나는 그럴 때마다 '강아지의 체온은 인간의 체온보다 높다'라는 사실을 떠올린다.

나는 잠든 보현을 바라보는 것을 좋아한다. 보현이 깨지 않도록 살금살금 등을 쓰다듬거나 배를 만진다. 머리를 쓰다듬기도 하고 꼬리를 살짝살짝 만지기도 한다. 그런데 언젠가 이런 말을 들은 적이 있다. "나뭇잎을 맨손으로 만지지 마세요. 나뭇잎의 기공이 상할 수 있어요. 나뭇잎에게는 사람의 손바닥 온도가 뜨겁거든요. 손등으로 살짝만 만져주세요." 지렁이도 사람이 맨손으로 만지면 화상을 입는다고 했다. 사람의 손길도 나무나 지렁이에게는 억세고 뜨거운 폭력이 되는 것 같다. 과수원에 놀러 온 손님들에게 아무렇지 않게 어린잎을 떼어 자랑

하던 예전의 내 모습이 몹시 부끄럽다. 어쩌면 내가 보현을 쓰다듬는 일도, 때론 보현에게는 억센 손길을 견디는 일일지 모르겠다. 보현은 나보다 6분의 1만큼 작은 존재이고, 그러니 나는 6분의 1만큼 더 여리고 더 조심스럽게 안아주고 쓰다듬어줘야겠지. 6분의 1만큼 더 여리되 여섯 배만큼 더 세심하게 어루만져줘야지. 그것을 결코 잊지 말아야겠다, 라고 나는 요즘 더 자주 생각하게 된다.

노래하는 집을 짓다

살다 보면 평생에 걸쳐 한 번도 안 할 것 같은 일이 있다. 성정에 맞지 않아 죽어도 하기 싫은 일도 있고, 능력에 넘쳐서 넘보지 못하는 일도 있을 것이다. 그리고 명확한 이유를 알 수는 없지만 그저 멀게만 느껴지는 일도 많다.

지금 나의 시간은 8월의 끝자락에 걸쳐 있다. 잠자리들이 온 하늘을 뒤덮는 계절. 입추가 지난 하늘 자리가 더욱 맑아지는 달이다. 작년 이맘때 지금 내가 앉아 있는 이곳은 어땠을까. 온갖 풀이 자라나던, 아무것도 없는 풀밭이었지. 정말이지 아무것도 없던 나무와 나무 사이의 빈 자투리 공간이었다. 그 휑하던 곳에 지금은 두 층짜리 작은 오두막이 세워져 있다. 그리고 나는 이 오두막에 앉아, 차를 마시며 이 글을 쓴다. 내 주변에는 그동안 모으고 아껴온 악기와 녹음 장비들이 놓여 있고, 요즘 나는 이곳에서 노래를 만들고 녹음을 하고 하루를 보낸다. 이 모든 것이 나는 여전히 꿈만 같다.

나는 가끔 앞으로 또 뒤로 시곗바늘을 돌려보곤 한다. 2년 전의 내가 지금의 나를 본다면 어떤 생각을 할까. 지금의 내가 5년 후의 나를 본다면 어떨까. 그렇듯 시간의 간극을 훌쩍 넘어, 과거의 나를 지금으로 초대하고 싶을 때도 있고, 미래의 나에게 초대를 받아 먼 훗날의 나를 보고 싶을 때도 있다. 어느 쪽이든 늘 상상은 즐겁다. 특히 과거의 나를 소환할 적에는 마치 경기 결과를 쥔 스포츠 토토의 신이 된 기분이다. 지금의 나를 놀란 듯 바라보는, 또 다른 나를 바라보는 나를 상상하게 된다.

어쩌면 지금의 모든 크고 작은 일상을 과거의 나는 전혀 예상하지 못할 것 같기도 하다. 그러니 그런 상상을 하다 보면 과거의 나는 늘 놀란 표정이다. '놀란'이라기보다 '황당한'에 가까우려나. "내가 농사를 짓게 된다고?" 이러면서 말이다. 마찬가지로 적어도 2년 전의 내가 지금의 나를 본다면 이런 반응을 보일 것이다. "내가 집을 지었다고? 그것도 2층짜리 오두막을?"

물론 나는 집을 지어본 적도 없고 집을 짓는 방법이라곤 단 하나도 모르던 사람이다. 이 모든 일들은 하나하나 이어진 인연의 덕으로 이루어졌다. 몇 년 전 나는 어느 바닷가에서 서울에 살던 시절 이웃이었던 분을 우연히 만나게 되었다. 그러던 어느 날 그분들이 운영하는 레스토랑에 들르게 되었는데, 그분들은 내가 음악을 하는 사람이라는 걸 알고 있었는지, 솜씨 좋은 기타 장인을 소개해주겠다 하였다. 마침 고쳐야 할 기타도 있고 했던 나는 그렇게 봉식 아빠를 소개받아서 그의 공방을 들르게 되었다. 그리고 그곳에서 봉식 아빠의 집과 카페, 공방을 함께 지은 목수 가족, 지영이네를 만났다. 우리는 금세 친해졌고, 몇 년 후 나의 오두막을 함께 짓게 되었다.

오두막을 짓게 된 두 가지 동기는 농사와 음악이었다.

농사

2년 전만 해도 나는 한 뙈기의 땅도 없었다. 힘들게 빌린 밭은 집에서 너무나 멀었다. 밭은 무조건 집에서 가까운 곳에 있는 게 좋다고 했던가. 문전옥답(門前沃畓)이라는 말이 그냥 나온 말이 아니었다. 창고나 전기도 없는 밭에서도 일을 해야 했고, 심지어 농업용수를 빌려 써야 할 때도 있었다. 농기구나 기계를 둘 곳도 없고 액비를 만들 공간이나 귤을 보관할 곳도 없었다. 학생으로 친다면 연필부터 교과서까지 모두 빌려서 겨우겨우 공부를 한 셈이다. 그래서 언젠가 우리의 농장이 생기면 창고만큼은 꼭 만들겠다고 다짐을 했었다.

음악

나는 한 번도 나만의 작업실을 가져본 적이 없다. 그냥 '집의 어느 한 공간'이 작업실이었다. 그런데 이곳으로 온 후 나는 처음으로 '작업실을 갖고 싶다'라는 생각을 하게 되었다. 노래를 만드는 공간과 소리를 담아내는 공간이 보다 더 특별한 곳이었으면 좋겠다, 라는 소망이 생긴 것이다. 돈으로 살 수 없는 유일무이한 소리를 담을 수 있는 곳. 나무를 돌보듯 키워낸 노래를 거두는 곳. 나는 그런 곳을 원했다. 그리고 그곳의 빛과 향기와 계절과 울림. 모든 것을 고스란히 담을 수 있다면 좋겠다고 생각하게 되었다. 아무리 근사한 여행지에서 영감을 받고, 아무리 좋은 스튜디오에서 깨끗하게 녹음을 해도 그것보다 좋을 것 같지는 않았다. 나는 내 노래가 태어날 '노래의 밭'이 갖고 싶었다.

재작년 이맘때, 우리는 운이 좋게도 원하던 크기와 원하던 거리에 있는, 볕이 좋고 조용한 이 과수원에 연이 닿았다. 그리고 1년이 지나고, 오두막을 지어야겠다는 마음을 먹었다. 지영이네와 봉식이네, 그리고 우리 부부는 동쪽과 서쪽에 멀리 떨어져 살고 있었기에, 중간 어드메쯤에서 만나 하나하나 계획을 세워갔다. 가장 먼저 찾아온 고민은 "도대체 어디에 오두막을

지을까"였다. 과수원 안에 빈 땅이 거의 없었기 때문이다. 나무를 베어 버리면 얼마든지 땅을 확보할 수 있지만 그러고 싶지는 않았다. 그나마 찾은 곳이 밭의 한가운데, 대략 5~6평쯤 될 듯한 공간이었는데 그곳에 창고와 작업실이 다 들어갈 수는 없었다. 그래서 우리는 2층 건물을 생각하지 않을 수 없었다. 아래층은 창고로, 위층은 작업실로 만들면 되겠다 싶었다. 아래층은 4평, 위층은 9평 정도의 공간이 가능했다. 그리고 좋은 채광을 위해서 2층을 정남향으로 비틀기로 마음을 먹었다. 오두막의 모양을 마음속에 대략 정하고 난 뒤, 나는 혼자 프로그램 사용법을 익혀가며 도면을 그렸다. 서툴렀지만 몹시 재미있고 가슴 설레는 작업이었다. 다만 모든 게 처음 하는 일이다 보니, 무엇이 가능하고 무엇이 불가능할지를 나로서는 알 수가 없었다. 가분수 같은 이런 건물이 과연 세워질 수 있을까 걱정도 되었다. 그렇게 도면을 고치고, 고치고 또 고치는 사이 가을이 후딱 지나갔다. 마침내 도면이 확정되던 날, 지영 아빠는 내게 이렇게 말했다. "보세요. 이제 딱 이대로 집이 나올 겁니다."

짙푸르기만 하던 과수원에 마침내 감귤빛이 돌기 시작하던 11월의 어느 날, 우리는 첫 삽을 떴다. 앞으로 함께 일할 사람들이 모두 모여 다 같이 음식을 나눠 먹으며 인사를 하는 날이었다. 우리는 따로 준비한 액비를 나무들에게도 뿌려주었다. 두어 달 넘게 계속될 공사에 시달릴 나무들에게 주는 뇌물 내지는 선물이었다. 다치는 사람 없이 무사히 공사를 마치게 해달라는 소망과 이곳에 사는 많은 생물에게도 양해를 구하는 마음을 담아 간단하게 고사도 지냈다. 우리가 가장 먼저 한 일은 두 가지였다. 하나는 공구를 보관할 임시 창고를 짓는 일이고, 또 하나는 목수들이 쓸 생태 화장실을 짓는 일이었다. 생태 화장실은 우

리도 계속 쓸 곳이어서 철거하지 않을 요량으로 튼튼하게 지었다. 반 평 남짓의 공간에 화장실을 지었는데, 창문을 열면 한라산이 바로 보인다. 이곳이야말로 우리 과수원에서 가장 좋은 터인 것이다. 화장실의 분뇨 통에는 제재소에서 가져온 톱밥을 채워두고, 볼일을 보고 나면 발효시킨 미생물액비를 뿌려준다. 한여름에도 톱밥 향기 말고는 아무 냄새가 나지 않는데, 그렇게 모인 똥과 오줌은 퇴비간에 모아서 또 몇 달 넘게 숙성을 시킨다. 이 거름은 다시 땅으로 되돌아갈 것이다.

오두막 짓기를 시작하고 가장 마음 아팠던 것은 정화조를 묻기 위해 포클레인으로 땅을 파는 작업이었다. 땅을 조금만 파도, 제주 말로 '빌레'라고 부르는 현무암 암반층이 금세 드러났다. 빌레에 심은 귤나무의 귤이 맛있다고들 하니 한편으로는 좋으면서도, 그 빌레를 깨는 것은 몹시 괴로운 일이었다. 소리도 소리지만, 사이사이 뻗어 내린 나무의 잔뿌리를 볼 때마다 더 그랬다. 하지만 다른 방법이 없었다. 창고에서 나가는 하수를 땅에 그냥 흘려보낼 수는 없다.

오두막에 들르는 사람들(주로 남자들)은 거의 한 번씩은 다 오두막의 벽을 두드려본다. 튼튼하게 보이지 않아서인지 남자들의 본능인지 모르겠다. 심지어는 오즈의 마법사에 나오는 도로시의 집처럼, 태풍에 날아가진 않을까 걱정하는 사람도 있다. 나도 한때는 나무가 그저 연약하게만 느껴지던 때가 있었다. 하지만 나무는, 쇠나 콘크리트보다 '연'할지언정 '약'하지는 않다. 집의 안팎을 둘러싼 나무는 레드시다(Red cedar)라는 나무다. 우리말로 연필향나무라고 하는 붉은빛의 나무인데, 이 나무는 손톱에도 흠집이 날 만큼 조직이 부드럽다. 하지만 비바람과 강한 햇살을 이만큼 잘 버텨주는 재료가 없다. 억센 것이 강한 것이 아니듯, 부드러운 것이 약한 것도 아니다. 나무는 부드럽고 강하다.

나무집이긴 해도 기초를 위해서는 시멘트를 써야 한다. 아래층의 벽체 모양대로 거푸집을 만들고, 그 안에 농장의 돌을 모아 채운 뒤, 시멘트 모르타르를 부어 줄기초를 만들었다. 그리고 그 위에 바닥을 깔고, 그때부터는 거의 모든 재료로 나무만 쓰인다. 가문비나무와 소나무, 전나무로 만들어진 SPF 각재가 집의 틀을 잡아주면, 합판을 계속 이어 붙여 벽체를 만든다. 우리는 외벽과 내벽 사이에 특별한 단열재

KOMELON
7.5m
STANLEY

를 넣지 않기로 했다. 스티로폼은 불에 약하고 유리섬유는 집을 짓는 우리 일꾼들에게 위험하니, 차라리 겨울에 조금 춥게 지내는 것이 낫겠다 마음을 먹었다. 아예 온돌이나 전기 판넬 같은 난방장치 없이 적당한 크기의 화목 난로 하나만 두기로 했다.

집이 지어지는 속도는 생각보다 빠르다. 기둥이 서고, 벽이 세워지고, 하루가 다르게 집이 '자라난다'. '엽기적'인 설계 탓에 함께 일하는 목수들도 이만저만 고생이 아니었다. 다닥다닥 붙어 있는 귤나무를 피해서 비계를 놓고 목재를 자르고 옮기는 것은 몇 배 이상으로 성가신 일이니까. 그런 고생 끝에 2층의 꼴이 완성되어 가던 날. 맑은 하늘에 걸린 서까래 사이로 걸려 있는 무지개. 그 눈부신 가을날의 무지개를 나는 잊을 수가 없다. 그리고 건물 위에 올라 내려다본 과수원은 마치 주황색으로 물든 한낮의 별하늘 같았다.

첫 삽을 뜬 지 한 달여, 집의 몸이 완성되던 날 우리는 모두 모여 조촐한 상량식을 했다. 목수들은 긴 나무판 아래에 각자의 이름을 적었고, 나와 아내는 그 위에 이런 상량문을 썼다.

> 이 오두막을 함께 지은 사람들과 여기 모든 생명들의 평안을 빌며 상량하다.
> —이천십육 년 십이 월 삼 일

그리고 우리는 과수원의 햇귤을 넣은 뜨거운 와인을 나누어 먹었다.

집의 몸집은 순식간에 커지지만 '집다운 집'이 되는 일은 그때부터 시작이다. 아이들이 하루가 다르게 쑥쑥 크지만 알차게 크기까진 더 많은 시간이 필요하듯이. 오두막의 1층은 창고로 써야 하기에 물 작업이 가능하도록 시멘트 마감을 해야 했다. 그리고 2층 작업실은 나무로 마감을 하기로 했다. 울림을 생각해서 지붕은 천장으로 막지 않고 그대로 두기로 했다. 벽은 레드시다로, 바닥은 로즈우드로 골랐다. 레드시다는 기타의 앞판을 만드는 재료이고, 로즈우드는 뒤판과 옆판으로 많이 쓰는 나무다. 그러니 오두막은 커다란 기타 하나가 되는 셈이었다.

시간이 지나고 귤을 수확할 시기가 찾아왔다. 집을 지으면서 수확을 하는 일은 두 배로 힘들었다. 날씨는 점점 더 매서워지고, 귤을 따고 포장하고 부치다가도 목수들과 합류해서 짬짬이

여기 모든 생명들의 평안을 빌며 상량하다.
오두막을 함께 지은 사람들과
십이월 삼일
이천십육년

일을 했다. 그러다 보니 한 해가 저물어갔다. 남은 일들(전기공사와 설비 공사, 타일 작업, 데크 작업, 가구 작업)은 해를 넘겨서 느릿느릿 진행되었다. 난로와 온수설비를 달고, 문고리를 달고, 퇴비간을 만들고, 계단을 만들고. 작지만 빼놓을 수 없는 이 모든 일들을 하나하나 해나가는 동안 남은 겨울이 지나가고 있었다.

공사가 끝나갈수록 자투리 나무조각도 많이 쌓여갔다. 한 해의 땔감거리는 충분히 될 것 같았다. 우리는 자투리 나무조각으로 작은 새집을 만들어 동녘 처마 밑에 달아주었다. 누군가를 위한, 집 속의 작은 집 하나를 만든 것이다. 과연 새가 들어와줄까.

마침내 모든 일이 끝난 3월의 첫날. 그동안 고생했던 사람들이 한데 모여서 집의 태어남을 축하했다. 우리는 처음 만나서 삽을 떴던 그때 그곳에서 다시 사진을 찍었다. 높게만 보이던 동백나무 뒤에는 이제 아담한 오두막이 들어서 있다. 우리 부부는 목수들 한 사람, 한 사람에게 편지를 써서 선물과 함께 건넸다. 대장 목수였던 지영 아빠, 요가 선생님인 지영 엄마와 소영, 요리사가 될 지영, 기타를 고치는 봉식 아빠, 카페를 하는 봉식 엄마, 라이프가드였던 성현, 강정의 활동가였던 은혜, 조선소에서 일했던 상호, 간호사 출신 힘찬, 초등학교 후배인 현우, 셰프였던 다리오, '낭만유랑악단' 인성. 신기하게도 모두가 다른 일을 하던 사람들이다. 밤이 되고, 우린 오두막 안에 들어와 넉 달여의 시간 동안 찍어둔 필름 영상을 함께 보았다. 그리고 늦은 밤이 되어서야 섬의 곳곳으로 뿔뿔이 흩어졌다. 사람들을 모두 보내고 처음 마주한 밤의 과수원은, 참으로 어둡고 깊었다.

Tyvek

Tyvek

Tyvek

Tyvek

벌써 가을이다. 나는 이번 앨범의 모든 노래와 기타 소리를 이 '노래하는 집'에서 녹음하고 있다. 그 어떤 스튜디오에서도 담을 수 없는, 소리가 앨범 속에 차곡차곡 담기고 있다. 이곳에서 소리를 모으는 지금 이 순간이 나는 너무나 행복하다. 귀뚜라미도 메뚜기도 풀잠자리도 유난히 많던 여름이 지났건만, 낮이든 밤이든 풀벌레 소리가 여전히 온 밭에 가득하다. 이런 모든 소리도 다 함께 음악이 된다. 아침에는 온갖 새소리로 오두막이 벅적댄다. 두견이 소리, 뻐꾸기 소리가 들리지 않는 걸 보니 여름이 가긴 갔나 보다. 올여름에는 유난히 멧새 소리가 아름다웠지. 오늘도 먼 새소리를 들으며 나는 부지런히 레코딩 버튼을 누른다. 앨범이 마무리되어가는 지금, 시곗바늘을 뒤로 한번 돌려본다. 내년 이맘때의 오두막과 과수원은 또 어떤 모습을 하게 될까. 뽀얗게 붉던 오두막의 나무빛도 이미 많이 바랬다. 점점 바래가는 오두막과 함께, 나도 시간의 파도를 너울너울 넘어가겠지. 내게 주어진 이 소중한 일들을 오래오래 놓지 않고 살아갈 수 있다면. 내가 건강히 살아가는 동안 감귤 농사도 노래 농사도 계속될 수만 있다면. 날이 어둑해졌다. 나는 다시 시곗바늘을 지금으로 되돌린다. '노래하는 집'에 앉은 나는, 이런 바람을 지금 여기에 적어두고 싶다.

'여기서 길러낸 모든 것들을
많은 이들과 나누며
오래도록 살아갈 수 있기를.'

사진_박현우

폭풍의 언덕 6/10. 2017.

오늘 비바람 몰아쳐
어디로 갈 곳 없게 되면
작은 오두막 속으로
우리를 가두고 불을 끄자
여기 세상은 무너질 듯
버드나무 가지만 흔들려
무서운 소리 들려
폭풍이 다시 몰려오나 봐

지붕을 때리며 우는
바람결이 통곡 소리
문을 잠그고
하나뿐인 열쇠를 손에 움켜쥐고
꺼진 잉걸 사이 작은 불씨 하나로
살릴 거야
그때, 얼마나 추운지
나는 알아
알고 있으니까

낡은 창문은 삐걱이며 울고 있구나
나도 몸을 떨며 울어볼 께
얼마나 됐을까

두려움의 몸집만큼
쓸쓸한 마음까지도
모두 내려놓기로 해,
밤은 지나가고 있어
다시 불이 켜진 순간
흠뻑 젖은 기억도 말라 있겠지
그저 하나뿐인 그대의
집이 되고 싶은 나

덧없이 부러져버린
어린 가지들
담벼락 아래 떨고 있는
어미 새의 눈빛

전쟁 같은 이 순간도
동굴 속 같은 어둠도
모두 지나가고 있어
폭풍은 물러갈 거야
다시 불이 켜진 순간
흠뻑 젖은 눈가도 말라 있겠지
그저 하나뿐인 그대의
집이 되고 싶은 나

폭풍의 언덕

온통 비바람 몰아쳐
어디도 갈 곳 없게 되면
작은 오두막 속으로
우리를 가두고 불을 끄자
여기 세상은 무너질 듯
버드나무 가지만 흔들려
무서운 소리 들려
폭풍이 다시 몰려오나 봐

지붕을 때리며 우는
바람결의 통곡 소리
문을 잠그고
하나뿐인 열쇠를 손에 움켜쥐고
꺼진 잉걸 사이 작은 불씨 하나도
살릴 거야
그대, 얼마나 추운지
나는 알아
알고 있으니까

낡은 창문은 삐걱대며 울고 있구나
나도 몸을 떨며 울어본 게
얼마나 됐을까

두려움의 몸집만큼
쓸쓸한 마음까지도
모두 내려놓기로 해,
밤은 지나가고 있어
다시 불이 켜진 순간
흠뻑 젖은 기억도 말라 있겠지
그저 하나뿐인 그대의
집이 되고 싶은 나

덧없이 부러져버린
어린 가지들
담벼락 아래 떨고 있는
어미 새의 눈빛

전쟁 같은 이 순간도
동굴 속 같은 어둠도
모두 지나가고 있어
폭풍은 물러갈 거야
다시 불이 켜진 순간
흠뻑 젖은 눈가도 말라 있겠지
그저 하나뿐인 그대의
집이 되고 싶은 나

나의 산책

나는 매일 산책을 한다. 숲이나 마을 운동장 혹은 바닷가를 걷는데, 산책을 하면서 가장 즐거운 일은 철마다 다른 새와 꽃, 풀을 볼 수 있다는 것이다. 지난여름에는 팔색조를 두세 번씩이나 보았고 연못가에 가면 물총새와 쇠물닭도 볼 수가 있다. 우리 동네의 바닷길 끝자락에는 절이 하나 있는데, 우리가 수확한 귤을 보시하기도 하고 가끔 등을 달기도 하는 아주 작은 절이다. 지금껏 사람이 드나드는 것을 본 적이 없을 만큼 호젓한 이 절집 근처에는 작은 내가 흐르고 냇가에는 철마다 다른 새들이 찾아온다. 겨울엔 청둥오리나 흰뺨검둥오리 같은 오리류들이 자리를 잡고, 쇠백로나 중대백로, 가마우지, 흑로 같은 텃새뿐 아니라 장다리물떼새나 황로 같은 귀한 손님을 볼 때도 있다.

여름이 오면 온갖 색의 개머루가 주렁주렁 열리는 길을 걷는다. 번행초나 갯방풍 잎을 따서 오물오물거리며 걷기도 한다. 숲속에 초피열매가 빨갛게 익으면 한두 알을 입에 넣고 산책을 하는데, 산책이 끝날 때까지 알알한 맛이 혀끝에서 지워지지를 않는다. 초가을까지 산수국이 피고 겨울에는 자금우열매가 흑백사진 속의 빨간 하이라이트처럼 알알이 맺힌 길도 있다.

마을 바다에서 볼 수 있는 가장 아름다운 새는 바다직박구리가 아닐까 싶다. 금갈색과 푸른색 깃털의 조화가 얼마나 세련됐는지 모른다. 그리고 그 맑은 노랫소리란. 어쩌다 운이 좋은 날에는 반딧불이를 볼 수도 있다. 날이 저물고 점점이 켜지는 반디의 불빛은 눈으로 보는 것이 아니라 몸으로 보는 것만 같다. 숲속이라는 우주의 한 점 별이 된 것 같은 기분, 한여름의 크리스마스트리 속 한 점 불빛이 된 기분이 든다. 좀처럼 얼굴을 보여주지 않는 노루나 섬휘파람새를 보게 되는 날엔 기분이 더 좋다. 물론 그러거나 말거나 보현은 열심히 킁킁대며 여기저기를 기웃거리고 열심히 오줌을 누면서 자기 나름의 산책을 부지런히 즐긴다.

모든 감각 중에서 보현에게 가장 지배적인 감각은 후각일 것이다. 냄새로 가장 먼저 풍경을 기억하고 흔적을 각인하고 정보를 받아들일 것이다. 그래서 다양한 냄새가 있는 숲길을 함께 걸을 때, 나는 보현의 페이스에 걸음을 맞추려 애쓴다. 더 많은 것들을 '맡을' 수 있도록, 천천히 걷고, 멈추다, 걷는다. 가끔 나는 이런 생각을 한다. 사람들에게 길이란 출발점과 도착점 사이를 잇도록 정해진 경로이지만, 개에게도 그럴까. 출발점부터 도착점까지 '나아간다'는 것이 보현에게 의미가 있을까. 지나치는 곳의 냄새가 주는 그때그때의 재미와 정보가 곧 산책의 전부가 아닐까. 그러니 보현은 나와는 같은 곳을 산책한다 해도 전혀 다른 산책을 하는 건 아닐까. 우리는 같은 길을 걷는다 해도 어쩌면 전혀 다른 길을 걷는 건 아닐까.

언젠가 아내는 '음악은 산책 같은 것'이라는 얘기를 내게 해주었다. 그게 아내의 생각이었는지 다른 누군가의 생각을 아내가 전한 것인지는 잘 기억나지 않지만, 나는 꽤 오랫동안 그 말의 울림을 되씹으며 지냈다. 생각해보면 음악뿐만이 아니다. 시간이 개입하는 모든 자극은, 산책이다. 음악 한 곡을 듣는 것이든, 저녁식사를 하는 것이든, 목욕탕에서 목욕을 하는 것이든, 산책 같은 거구나 생각한다. 음악을 두고 본다면, 한 시간여의 긴 앨범 산책도 있고 짧은 몇 분의 노래 산책도 있다. 음악의 분위기에 따라 보게 되는 풍경도, 걷는 길도 달라진다. 도시 한복판을 걸을 수도 있고 우주 공간을 날아갈 수도 있다. 세차게 비가 쏟아지는 시골길을 걸을 수도 있고 아니면 몹시 우울한 공기가 내려앉은, 시대도 대륙도 알 수 없는 무정의한 공간에 우두커니 서 있을 수도 있다.

'음악은 산책이다.'

그런 생각을 하고 난 뒤부터 나는 음악을 떠올리면 어딘가를 걷는 상상을 하게 된다. 그리고 내가 만든 음악을 들려준다는 것은, 내 음악을 듣는 이들을 '산책하게 하는 것'이라 생각하게 되었다. 그러니 나는 '산책 길'을 만들어내는 사람인 것이다. 사람들이 어떤 길을 걷도록 해줄까. 하늘은? 날씨는? 계절은? 바람은? 엑스트라로 출연시킬 이들은? 새는 어떨까? 개구리는? 꽃은? 어디에 어떻게 등장시킬까?

처음 출발한 곳으로 되돌아가게 할까? 그냥 툭, 길을 마칠까. 흐린 날씨에 떠난 산책을 햇살 쨍쨍한 피날레로 마무리할까. 오르막길을 올라서 야호 하고 만세라도 한번 부를까. 밑도 끝도 없이 단조롭고 평탄한 길만 걸을까. 얼마나 긴 게 좋을까. 장엄한 노을을 보여줄까. 잔뜩 낀 구름 사이로 섬광이 내리쬐는 장면은 너무 극적일까.

나는 음악을 만드는 사람이다. 그중 내가 주로 하는 일은 멜로디와 가사가 한 몸인 '노래'를 만드는 일이다. 소리는 우주의 것이지만, 노래는 사람의 것이다. 새의 노래가 새의 것이고, 늑대의 노래가 늑대의 것이고, 맹꽁이의 노래가 맹꽁이의 것이듯이.

노래를 듣는다는 건, 노래를 부르는 사람과 '함께' 산책을 떠나는 일이다. 노래를 만든 사람은 산책을 안내해줄 가이드를 초대하고, 그 가이드는 청자를 길로 안내한다. 가이드의 이름은 '가수'이다. 가이드의 목소리가 좋으면 얼마나 산책이 행복할 것인가. 하지만 가이드의 목소리가 영 내 스타일이 아닌 때도 있다. 안내가 유려한 가이드도 있고, 말

주변이 없는 가이드도 있을 것이다. 어떻든, 가이드와 함께 산책 길을 같이 걷는 것이 노래를 듣는 것이고, 노래의 풍경과 날씨와 계절에 맞게 길 위에서 전해주는 가이드의 이야기, 그것이 노래이다.

'노래가 아닌 음악'의 산책에 가이드는 별 필요가 없다. 있으면 방해가 될지도 모른다. 청자들은 보이고 들리는 대로 작곡가가 만들어둔 산책로를 따라 걷기만 하면 된다. 설명도 필요 없다. 제각각 상상하고 느끼는 대로 '바라보는' 산책을 하면 된다. 산책 길에 제목이라도 있으면 상상하는 데에 도움이 되려나. 하지만 어떤 길은 아무 제목도 없다. 그냥 작품 번호 ×××번, 무슨 장조 혹은 무슨 무슨 악기를 위한 소나타. 이게 다다.

노래를 만들다 보면 어떻게 새로운 길을 만들까를 당연히 고민하게 된다. 습관과 버릇이란 게 있다 보니 늘 비슷한 패턴의 산책 길을 만들지는 않을까, 그게 가장 큰 고민이다. 똑같은 길, 똑같은 꽃, 똑같은 하늘에, 절반의 산책이 지나면 한번씩 바람이 불고, 오르막길도 오르게 했다가…. 그런 클리셰를 어떻게 피할 수 있을까.

가끔 다른 나라의 산책 길을 걸어보고 아이디어를 얻기도 하고, 아, 이런 산책 참 좋구나, 하는 많은 자극도 받아야만 한다. 도저히 흉내 낼 수 없는 아름다운 길을 걷다 보면 좌절할 때도 있다. 하지만 그런 좌절은 어떻게든 힘이 된다. 맑은 날(장조)도, 흐린 날(단조)도, 맑았다가 흐려지는 날도(전조시키기) 필요하다. 그렇게 매번 새 앨범을 세상에 내놓을 때마다 새로운 산책 길 여남은 개를 만들어내야 한다. 테마도, 풍경도, 날씨도, 소재도 다른 산책 길을 끊임없이 만들고, 사람들을 초대하

는 것. 사람들과 함께 걸으며, 낼 수 있는 가장 좋은 목소리로 가이드를 하는 것. 그것이 나의 노래다.

가이드가 해줄 수 있는 얘기란 때로는 사소한 것이다. 인간이 언어로 만들어낼 수 있는 수많은 창작물 중에서 노래란 참 작고 흔하다. 웅장한 연설이나 촘촘한 논문이나 화려한 색채의 문학에 비한다면, 나 같은 산책 가이드가 더듬더듬 읊어주는 노래는, 정말 작다.

그 작은 것.

하지만 나는 그 작은 노래가 좋고, 노래를 만드는 일을 나에게 준 누군가에게 감사하며 산다. 아프리카로 일본으로 아르헨티나로, 하루에도 몇 번씩 나는 산책을 간다. 가이드의 말을 알아듣든 그럴 수 없든 내겐 별문제가 안 된다. 나는 그냥 귀를 열고 가이드의 표정만 보면서 걷다 와도 된다. 그러다가 한두 마디라도 알아들을 수 있다면, 그건 아주 기쁜 덤이다. 내 가이드를 이해하지 못하는 외국의 손님들도 나와 함께 산책을 하는 데에는 큰 문제가 없다. 사람이기에 통하는, 말 이상의 말. 그런 노래가 나는 참 좋다.

저녁이 되었다. 나는 또 고민을 한다. 오늘은 보현과 어디로 산책을 갈까. 우리가 함께 산책할 수 있는 길이 더 많다면 얼마나 좋을까. 나는 세상에 존재하는 더 많은 길을 걸어보고 싶다. 더 다양하고 예기치 못한 길로 나를 안내해줄 그런 길을 많이 걷고 싶다. 익숙한 아름다움의 가짓수만 늘리기보다, "어?" 하며 갸우뚱할지언정 가보지 못한 길을 걸어보고 만들어내고 싶다. 그러다 보면 내 품의 아름다움도 조금

은 더 넓어질 테고, 세상을 살아가는 기쁨도 늘어날 테지. 그리고 새삼 또 생각한다. 이 세상에 단 하나의 길만 있을 수 없듯, 모두가 같은 길을 걷는 것처럼 보여도 실은 모두 다른 길을 걸어가고 있다는 것을. 그러니 하나의 노래도 모두에게 다른 노래로 남게 된다는 것을.

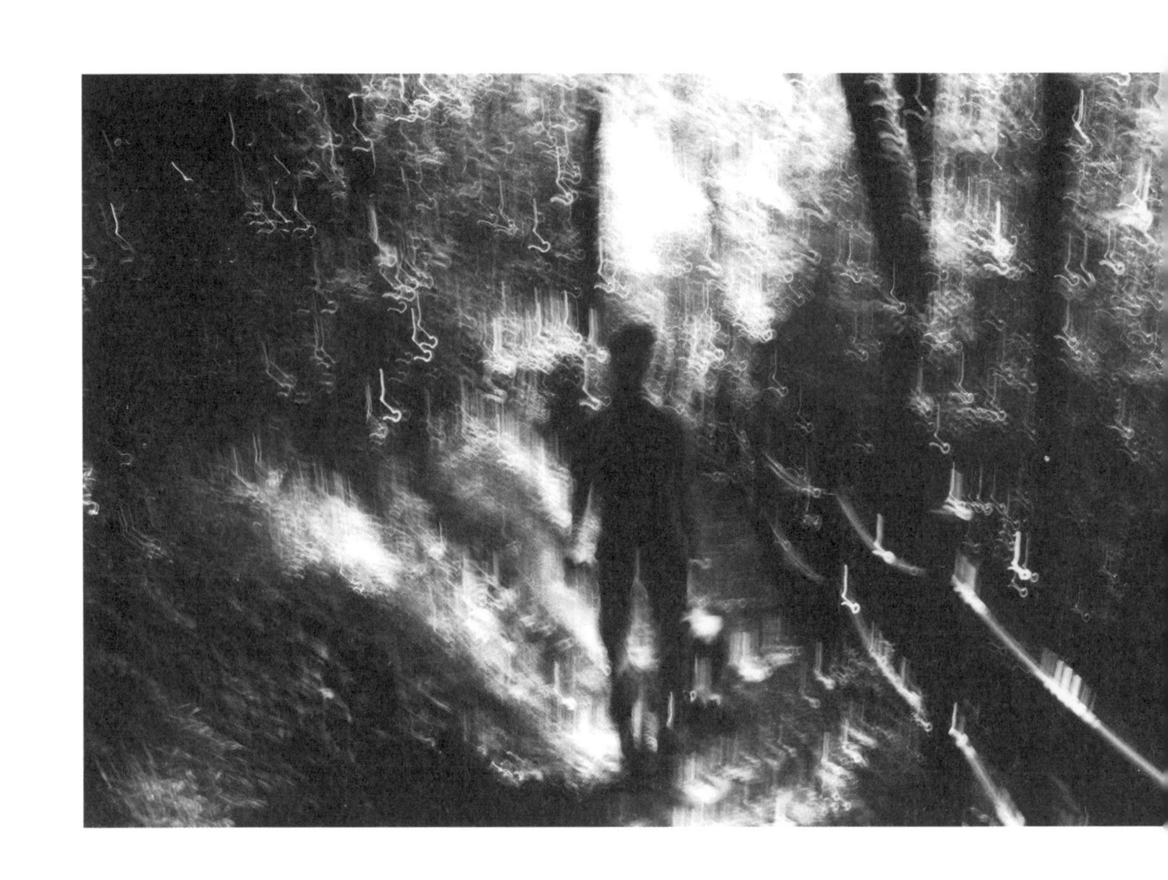

밤의 오스티나토 5/21. 2017.

꿈결처럼 우린 얼굴을 맞대고
말없이 서로를 바라보고 있었네

뒤섞인 낮과 밤
모두 잠든 숲속에는
황금빛 꽃잎이

하나,
둘,

어느새 내 몸은
두둥실 떠올라
스러진 노을 뒤로 날아가네

슬픔도 없고
아픔도 사라진 것 같은,
순간.
닮은 듯 닮은 듯 물결치던
반디의 노래에 휘감긴
내 몸

여름밤, 그 작고 길은
우주
조용히 안기던 슬픈 눈빛들
모두 품에 안고서
꿈처럼 돌아온
그 밤
그 밤

밤의 오스티나토

꿈결처럼 우린 얼굴을 맞대고
말없이 서로를 바라보고 있었네

뒤섞인 낮과 밤
모두 잠든 숲속에는
황금빛 꽃잎이

하나,
둘,

어느새 내 몸은
두둥실 떠올라
스러진 노을 뒤로 날아가네

슬픔도 없고
아픔도 사라진 것 같은,
순간
닿을 듯 닿을 듯 물결치던
반디의 노래에 휘감긴
내 몸

여름밤, 그 작고 깊은
우주
조용히 안기던 숲의 눈빛들
모두 품에 안고서
꿈처럼 돌아온
그 밤
그 밤

Voice and Guitars 루시드폴 Lucid Fall
Piano, Keyboards and Rhodes 조윤성 Yoonseung Cho
Contrabass, Electric Bass 황호규 Hogyu Hwang
Drums 신동진 Dongjin Shin
Percussions 파코 드 진 Paco de Jin
Alto and Tenor Saxophones 손성제 Sungjae Son
Clarinet 박상욱 Sangwook Park
MIDI Sequencing 루시드폴 Lucid Fall, Simon Pétren

Guest Musicians
이상순 Sangsoon Lee(Electric Guitar for Track 1 안녕.)
이진아 Jinah Lee(Piano for Track 1 안녕.)

Piano Tuner
윤기복 Kibok Yoon

Music, Words and Drawings
루시드폴 Lucid Fall
(Track 8 arranged by 루시드폴 Lucid Fall and Simon Pétren)

Photos
루시드폴 Lucid Fall, 오하나 Hana Oh

Music Video Filming
루시드폴 Lucid Fall, 오하나 Hana Oh

Photo Lab Technician
이루, 문성태, 이정훈@포토마루 Iroo, Sungtae Moon, Junghoon Lee@Photomaru(35mm Film)
Sebastjan Hendrick, Synvain Chaussee, Derek Jenkins@Niagara Custom Lab in Toronto (Super 8mm Film)

Recording Engineer
루시드폴@스튜디오 두두 Lucid Fall@Studio DooDoo
신재민@필로스플래닛 스튜디오 Jaimin Shin@Philo's Planet Studio
유형석@리몬 스튜디오 Hyungseok Yoo@Limon Studio(Assistant: 노희철 Heechoel Roh)

Mixing Engineer
루시드폴@스튜디오 두두 Lucid Fall@Studio DooDoo

Mastering Engineer
Masato Morisaki@Saidera Mastering in Tokyo

Executive Producer 유희열 Heeyul You
Management Director 이창희 Changhee Lee
Production Director 안효진 Hyojin An
Operation Director 이희광 Heegwang Lee
Performance Planning Director 박보현 Bohyeon Park
Management Department
김다올 Daor Kim, 정기열 Giyeol Jeong, 민병훈 Byeonghoon Min,
김남경 Namgyeong Kim, 박성민 Seongmin Park, 이경호 Kyeongho Lee
Production Department
지승남 Seungnam Z, 양서연 Seoyeon Yang, 한승연 Seungyeon Han, 전한나 Hannah Jeon
Operation Department 김나리 Nari Kim
Performance Planning 박수빈 Soobin Park

Artists
정재형 Jaehyung Jung, 토이 Toy, 루시드폴 Lucid Fall, 페퍼톤스 Peppertones,
박새별 Saebyul Park, 이진아 Jinah Lee, 차이 Chai, 정승환 Seunghwan Jung,
권진아 Jinah Kwon, 샘김 Sam Kim

앨범에 참여해준 뮤지션들
안테나와 위즈덤하우스의 스태프들
사랑하는 가족과 아내, 문수와 보현
제주에서 만난 모든 이들
2년을 기다려준 우리 물고기들에게
저의 온 마음을 전합니다.

국립중앙도서관 출판시도서목록(CIP)

모든 삶은, 작고 크다 / 지은이: 루시드폴. — 고양 :
위즈덤하우스미디어그룹 :
예담, 2017
p. ; cm

ISBN 978-89-5913-597-4 03810 : ₩23,700

수기(글)[手記]

818-KDC6
895.785-DDC23 CIP2017026106

모든 삶은, 작고 크다

초판 1쇄 발행 2017년 10월 31일
초판 4쇄 발행 2017년 11월 27일

지은이 루시드폴
펴낸이 연준혁

출판 1본부 이사 김은주
출판 1분사 분사장 한수미
책임편집 위윤녕
디자인 김준영

펴낸곳 (주)위즈덤하우스 미디어그룹 **출판등록** 2000년 5월 23일 제13-1071호
주소 경기도 고양시 일산동구 정발산로 43-20 센트럴프라자 6층
전화 031)936-4000 **팩스** 031)903-3893 **홈페이지** www.wisdomhouse.co.kr

값 23,700원
ISBN 978-89-5913-597-4 03810